Wolffs Broschuren

MAURICE GILLIAMS

Elias oder das Gefecht mit den Nachtigallen

1930–1935

Aus dem Niederländischen von Maria Csollány

Mit einem Essay von Charlotte Mutsaers

FRIEDENAUER PRESSE BERLIN

Meinen Eltern gewidmet

… La poésie que j'ai rêvée gâta toute ma vie. Ah! Qui donc m'aimera?
Francis Jammes

Wenn Aloysius unser Herz verstört, hängen wir kopfunter in der Wirklichkeit wie verzauberte Affen. Er ist sechzehn und damit gut vier Jahre älter als ich. Abends im Bett falten wir Papierschiffchen, die wir am nächsten Tag außerhalb des Landgutes auf dem Bach treiben lassen. Unter den Decken versteckt sitzt Aloysius und werkelt, wie ich vermute, mit einem Bleistift. Ohne sich sehen zu lassen, reicht er mir eine nach der anderen die Heftseiten zu, in die ich regelmäßig dieselben Falten mache. Ich verstehe natürlich die geheimen Gesetze dieses kuriosen Spiels nicht und helfe ihm blindlings bei seiner Beschäftigung.

Ich verstehe nicht, warum er mir morgens beim Waschen helfen will; er tut es sehr grob, und die Seife beißt mir in den Augen; doch wie sparsam ist er mit Wasser, was ihn selbst betrifft. In seine Händen sind breite Schrammen eingekerbt, und auf seiner trockenen, verschorft-runzligen Unterlippe hat das Fieber einen schwarzen Rand hinterlassen.

»Die Schiffchen!« sagt er eifrig.

Wir lassen das Handtuch fallen und springen gleichzeitig zum Bett; zwischen den Laken am Fußende holen wir sie hervor. Ein paar sind unbrauchbar geworden, und eines ist nicht mehr zu finden in dem zerwühlten Bettzeug. Aloysius versteckt sie wie Geheimdokumente unter seiner Bluse, und wir rennen die Treppe hinunter in den ersten Stock, wo wir Großmutter durch den Türspalt guten Morgen sagen.

Nach dem Frühstück sind wir schnell draußen im Park.

Wir dringen durchs Unterholz, bleiben eine Weile stehen und frösteln mitten im betauten Grün. Es ist eine windige

Ecke hier. Dann und wann spüre ich die Finger von Aloysius und verstehe die vertrauliche Bedeutung seines kräftigen Händedrucks. Horchend schleichen wir zwischen den knakkenden Zweigen. Ist da etwas? Es war nur eine flüchtende Wildtaube. Es ist regnerisch, der Himmel bezieht sich mit gleichförmigem Grau.

Als wir mittags vom Bach heimkehren, haben wir nichts Ungewöhnliches gesehen. Die Schiffchen haben wir aufs Wasser gesetzt; eines nach dem anderen sahen wir sie davonschaukeln hinter die Biegung, wo die Strömung stark ist. Mit einem Ruck waren sie aus unserem Blickfeld verschwunden.

Kaum sind wir uns der Nähe des Landhauses bewußt, als eine sonderbare Unruhe Aloysius überkommt. Er ist mitten in die blühenden Dahlien gesprungen, und, als wäre er von einer Horde Feinde umringt, schwingt und schlägt er mit den Armen wie mit Säbeln um sich, so daß ihm Blüten und Blätter um den Kopf fliegen. In der kleinen Gartenlaube steht Tante Zénobie und jammert vor ohnmächtiger Wut. Wir flüchten zu meiner Mutter in den Eßsaal, denn wir wissen, daß sie Aloysius vor Tante Zénobie in Schutz nehmen wird. Seltsam still ist er bei meiner Mutter geworden, und als ihre Hand ihm träge übers Haar streichelt, bricht plötzlich lang zurückgehaltenes Schluchzen aus ihm hervor.

Beschämt, die Stirn an die Wand gelehnt, kämpft er mit sich selbst. Unterdessen sind wir zu Tisch gegangen. Erwartungsvolle Stille hängt über der Familie. Das Dienstmädchen geht mit der dampfenden Suppenterrine hin und her. Als er sich endlich umdreht, ist Aloysius wie taubstumm, störrisch und gefühllos gegen uns geworden. Seine Augen stehen hart und dunkel in dem blassen Gesicht und scheinen niemanden um sich herum zu erkennen.

Während der Sommerferien wird jedes Jahr auf dem Landsitz der Familie ein Fest gefeiert, und wie gewohnt werden die Kinder dabei ein kleines Theaterstück aufführen. Tante Theodora hat sich darum gekümmert, und schon ein paar Wochen zuvor wurde alles bis ins kleinste geregelt. Da sind die Jungen von Tante Emma: Casimir, Oscar und Leopold; und da sind die Kinder von Tante Zénobie: Albertus, Aloysius und Hermine. Mit fragenden Augen scharen wir uns neugierig um Tante Theodora; im Innersten verwundert, weil sie mit solch geheuchelter und knapper Freundlichkeit über allerlei Nebensächlichkeiten spricht.

Tante Zénobie ist ein Söhnchen gestorben: Pietje; Tante Emma ein Töchterchen: Virginia. Den beiden werden wir dieses Jahr ein ergreifendes Spiel widmen. Hermine spielt das Kind von Tante Emma, und weil es unter Tante Zénobies Kindern keinen kleinen Jungen für den Darsteller des Pietje gibt, muß ich die wichtige Rolle übernehmen. Täglich proben wir in einer ausgedienten Remise, und Tante spricht uns feierlich vor, was wir zueinander sagen müssen.

Als wir endlich aufhören dürfen, bin ich todmüde, so daß ich nicht mit Aloysius gehen kann. Die großen Jungen legen sich mit ihren Büchern der Länge nach ins Gras; sie werfen Dartpfeile unter einer alten Eiche oder kegeln im Schatten des Waschhauses. Ich werde von Hermine ins Haus gelockt, zusammen ruhen wir uns unter dem Tisch im Salon aus, wo uns niemand findet.

Hermine ist sehr nervös, mager, von durchscheinender Blässe und hat oft plötzlich verrückte Einfälle. Manchmal hat sie Anwandlungen von Gefühlsduselei; dann kann sie nicht nahe genug bei mir sein und tritt mir dauernd auf die Zehen, oder sie klopft mir wütend auf die Finger, bis sie glühen und schmerzen. Sie lehrt mich mit dem Feuer spielen. Heimlich hat sie eine Schachtel Zündhölzer entwendet; drei bis zehn Schwefelköpfe zugleich flammen auf, die sie dann unvorsichtig über mich hinweg in die Richtung des Kohlenkastens wirft.

Manchmal habe ich das Gefühl, daß mein Haar in Flammen steht.

»Elias«, sagt Hermine, »erzähl noch einmal von der blauen Hand.«

Sie hat sich neben mich auf dem Teppich niedergelassen, und ich sehe, wie ein leichter Schauder ihren Körper überläuft. Es ist nicht das erste Mal, daß ich ihr von der blauen Hand erzähle; Hermine kennt die Geschichte und kann doch vor banger Erwartung nicht stillsitzen; sie will zugleich lachen, seufzen und fröstelnd gähnen. Und arglos beginne ich von dem düsteren Geschehen zu erzählen, als ich einst an einem Winterabend mutterseelenallein in meinem Bett lag.

Gerade aufgewacht, versuchte ich sofort wieder einzuschlafen, aber ich fand die warme Deckenfalte nicht wieder und jene ureigenste, herrliche Kuhle, in die mein Körper so gut paßte und von ihr fest umschlossen lag. Ich wälzte mich herum und wühlte die Füße bloß; schließlich war im Bett keine Stelle mehr zu finden, wo man genüßlich vor sich hindösen konnte. Ich lag auf dem Rücken, die Arme unter dem Kopf, so wie man morgens wach liegt, wenn es zum Aufstehen noch zu früh ist. Die Eisblumen knisterten an den gefrorenen Fensterscheiben. Auf der Straße lief ein Pferd mit einer Schelle. Ich ließ meinen erhitzten Kopf von links nach rechts fallen und starrte eine Weile in das Nachtlicht, das hinter einer durchsichtigen blauen Flasche flackerte. Bisweilen hörte ich deutlich, wie unten im Haus ein Topf aufs Feuer gestellt wurde, und mehrmals miaute die Katze in der Küche.

Als ich das Bettzeug betrachtete, sah ich, wie sich am Fußende etwas bewegte, aus dem ich nicht recht schlau wurde. Es sah aus wie ein aufgerollter Strumpf, aber doch ganz anders, denn es hatte bewegliche Teile und schien auf einknikkenden Krabbenbeinen zu ruhen. Vorsichtig zog ich langsam die Füße an, erst den linken, dann den rechten Fuß. Als ich den rechten leicht bewegte, rührte sich das scheußliche Ding und kam näher. Einmal aufgescheucht, wollte es nicht länger stillhalten. Plötzlich sah ich mit Schrecken hin: ich erkannte eine blaue, gräßlich verzerrte Hand, die mit quälender Langsamkeit auf mich zukroch. Sie war schon bis zu meinem Knie heraufgeklettert, und ich sah voraus, daß sie in Kürze meine Brust erreichen würde; noch ein paar fürchterliche Augenblicke – und ich würde wie ein Vögelchen mit zugedrückter Kehle in meinem eigenen Bett liegen. Listig versuchte ich mich umzudrehen; ich lag jetzt auf dem Bauch, das Gesicht ins Kissen gedrückt. Mit Armen und Beinen machte ich Schwimmbewegungen und erwartete, daß gleich das Schlimmste geschehen werde.

Ein kalter Schauer fuhr mir blitzartig über den Rücken, als striche eine eisige Fingerspitze zählend an den Wirbeln meines Rückgrates entlang. Auf meiner Schulter lastete eine Schwere, stieg aber nicht weiter hinauf. Sie blieb immer an derselben Stelle. Mit einem kühnen Schwung warf ich mich herum, um die auf mich lauernde Gefahr zu verjagen.

Erst als meine Mutter heraufkam, wagte ich die Augen aufzuschlagen. Bevor ich ihr von der blauen Hand erzählen konnte, bückte sie sich und hob etwas vom Boden auf. Dabei hörte ich sie in trockenem Ton sagen: daß der Herr Doktor wohl seinen Handschuh vergessen habe.

Aloysius hat mich wieder zum Bach gelockt. Auf der Wiese grasen hochbeinige, buntgescheckte Rinder in der Abendsonne. Wir verabreden uns: hier werde ich auf ihn warten. Er nimmt eine lange Stange und schickt sich an, übers Wasser zu springen. Ich frage ihn noch: wohin er denn gehe? Er schweigt und läßt den Kopf hängen. Ohne zu antworten, macht er einen weiten, gelenkigen Sprung. Bald ist er aus meinem Blickfeld verschwunden.

Unter den Weiden warte ich auf seine Rückkehr.

Natürlich ist mir nichts unbekannt hier an diesem Ort, zu dem wir täglich kommen, um unsere Schiffchen aufs Wasser zu setzen. Plötzlich fällt mir etwas ein. Ich eile nach Hause und kehre unbemerkt mit einem Stück dickem Packpapier zurück. Es kleben drei fremde Briefmarken darauf. Die Adresse reiße ich ab und falte ein großes, starkes Boot. Bevor ich es dem strömenden Wasser überlasse, gebe ich ihm eine seltsame Fracht mit: ein Büschel Moos und einen glänzenden schwarzen Käfer.

Ich bin allein. Es ist das erste, selige Mal, daß ich selber, in meinem eigenen Namen, das ganze Spiel betreibe. Meine Hände zittern. Das Boot treibt stolz und schön unter meinen bebenden Fingern davon. Alles geschieht unglaublich rasch und sicher. Das Boot dreht sich, und ich sehe die rosa Briefmarken auf seiner Flanke wie mysteriöse Kajüten. Es fährt mit großer Geschwindigkeit bis zur Biegung, und wie man die Seite eines Buches umschlägt: mit einem Ruck ist es verschwunden.

In den Schwertlilien am Ufersaum beginnt ein Frosch zu quaken, und drei Grillen zirpen gleichzeitig, in geringer Entfernung voneinander. Was für schwermütige Gedanken kommen einem abends, wenn man den Geruch von Wasserlinsen atmet. Auf der Wiese stehen die Rinder hölzern im aufkommenden Nebel, reglos und mit hängendem Kopf. Eine späte Schwalbe flitzt über das Wasser. Wo mag mein starkes, seltsames Boot jetzt angelangt sein? Ich hoffe, daß seine kühne Fahrt kein Ende nimmt. Wo mag es ankommen? Alles geschieht in der wahrhaftigen, unergründlichen Glorie des Traumes. Die Luft ist stickig geworden, Schwaden von Kellergerüchen hängen im Gesträuch. Vielleicht wird es heute nacht regnen; grauer Dunst wabert in der Luft, und der Wind hat sich gelegt.

Wie lange schon treibe ich mich allein am Wasser herum? Vom Landhaus bimmelt das Glöckchen zum Abendessen. Ich eile zu meiner Mutter. Tante Zénobie fragt nach Aloysius. Nach einer Weile erzähle ich alles: unsere Verabredung und wie lange ich auf ihn gewartet habe. Man schweigt. Man sieht sich in die Augen. Ich gehe ein paar Schritte voraus, um nach Aloysius zu suchen, durch die kurze Allee, in der es jetzt sehr finster ist. Meine Mutter, Tante Zénobie und Tante Theodora, Hermine und Albertus kommen mit mir. Als wir zusammen eine Weile am Bach gewartet haben, nähert sich Aloysius im abendlichen Dunst mit großen Sprüngen über die

Wiese. Während des Ausflugs scheint er kräftiger und männlicher geworden zu sein. Er schwingt die Arme beim Laufen und kommt rasch voran. Tante Zénobie ist sehr aufgeregt, und als sie ihn zu fassen bekommt, kriegt er tüchtig Schläge, bis meine Mutter es nicht länger mitansehen kann und mit gepreßter Stimme versucht, Tante Zénobie zu beruhigen. Aloysius macht den Mund nicht auf; keine Träne, kein Schmerzenslaut ist aus ihm herauszukriegen. Gelassen erträgt er die harten Schläge ins Gesicht und gibt sich keine Mühe, ihnen auszuweichen.

Ich getraue mich nicht, ihn jetzt zu fragen, woher er so spät kommt, als habe er sich verirrt. Durch die abendliche Landschaft ziehen wir gemeinsam dahin, eine stille Prozession von Schattenwesen.

Am darauffolgenden Sonntag ist das Fest.

Albertus und Leopold haben eine Bühne gezimmert; gemütliche Unordnung herrscht im Raum; der Tisch ist an die Wand geschoben, und die Stühle sind in zwei Reihen aufgestellt. Tante Theodora hat ein elfenbeinfarbenes, glänzendes, kostbares Kleid angezogen, voller Fältchen und Firlefanz. Erst als die unausbleiblichen Andeutungen sie dazu nötigen, setzt sich ihr blutarmer Körper in schleppende Bewegung. Und ihre Frisur: wie kunstvoll ist sie gesteckt, mit einer zitternden Perlenschnur durchflochten; und über einem Gewirr von Löckchen ragt ein fächerförmiger Kamm mit durchbrochener Schnitzerei.

Heute mittag hat es geregnet und die Abenddämmerung bricht zum Glück so vorzeitig herein, daß wir mit dem Theaterspielen früher anfangen können als vorgesehen. Hinter einem Wandschirm neben der Bühne werden wir in hübsche Kostüme gesteckt, die Tante aus alten Gardinen geschneidert hat, auf den Kopf bekommen wir eine Papierkrone. Die Wachslichter verbreiten ihren flackernden Schein, wir stellen uns auf zum »tableau vivant«, und als alles ist, wie es sein soll: Hermine hält ein Sträußchen in der Hand, auf meinen Fingern zittert ein Papierschmetterling, und hinter uns stehen die Schutzengel mit hängenden Armen, in unbeholfener Erwartung – da klingelt Tantes Glöckchen in der Eingangshalle. Der Docht der altmodischen Petroleumlampe ist heruntergedreht; im Lampenglas ist die Flamme nicht mehr zu sehen; nur der goldene Geist des Lichtes wohnt noch ruhig im Inneren. Die Familie kommt. In der Halle rauschen Seidenkleider, und unverständliches Gerede dringt zu uns herüber, doch alle verstummen und ihre Gesichter röten sich freudig, als sie eintreten. Wir stehen hinter den grünen, roten, blauen und gelben Lichtern, umringt von Blumentöpfen unter den tief herabhängenden Papiergirlanden. Das Klavier spielt einen Husarenmarsch. Wir werden sehr müde, wir müssen so lange in derselben Haltung stehen; wir tun unser Bestes, um nicht das Gleichgewicht zu verlieren und das lebende Bild zu verderben.

Als ich die Zuschauer feierlich versammelt sitzen sehe, fühle ich, wie mir eine plötzliche Hitze in den Kopf steigt. Vorn haben Großmutter, Tante Emma und Tante Zénobie, meine Mutter und meine Cousine Alissa Platz genommen; dahinter stehen Onkel Paul, Onkel Bernard, Onkel Augustin und mein Vater. Von der Bühne herab sieht die Wirklichkeit da draußen anders aus als in uns selbst, was ich nun zum ersten Mal erlebe. In den Zimmerecken herrscht braunviolette

Dämmerung; doch in der Nähe funkelt dann und wann unerwartet ein Edelstein und ist in Blitzesschnelle wieder spurlos verschwunden. Die Spitzenkragen, die zitternden Fransen, der zierliche Schnickschnack an den Kleidern der Damen, die steifen weißen Hemdbrüste und Manschetten der stehenden, Zigarren rauchenden Herren, die Schwaden des Tabakrauchs über ihren Köpfen und die von ihrem gewohnten Platz weggerückten Möbel entlang der Wand: unter dem flackernden Licht der Lampe ist eine irreale Welt entstanden. Hinter dem Wandschirm, aus ihrem Buch lesend, flüstert Tante Theodora uns zu, und wir sind drauf und dran, zu ihr hinzusehen und aus unserer Rolle zu fallen.

Während wir die Szene im Himmel spielen, in dem Augenblick, als Virginia unter den zuletzt angekommenen Seelen Pietje erkennt und ihn nach Neuigkeiten über Großmutter und die ganze Familie ausfragt – kommt unhörbar, wie ein spielverderberischer Geist, Tante Henriette in den Salon geschlichen. Erschöpft und gebrochen läßt sie sich in einen Sessel sinken und liegt da, die Arme lahm neben dem kraftlosen Körper, den Kopf schlaff nach hinten auf dem Kissen. Ihre Augen sind geschlossen, so daß sie unserer Darbietung nicht folgen kann. Wie bei einem jungen Mädchen hängt ihr eine schwere honigblonde Locke ins weiße Gesicht. Als Onkel Bernard ihr etwas zuflüstert, macht sie mit Mühe eine abwehrende Geste: er solle sie in Ruhe lassen. Unter ihrem grünlich-goldenen Kleid lugt eine Schuhspitze hervor. Sonst scheint niemand sich um sie zu kümmern; sie bleibt allein und unwirklich, dort in der Ferne, und vielleicht dringt unsere himmlische Sprache nicht wirklich zu ihr durch.

Es ist für mich an diesem Komödienspielen etwas Unerträgliches, das mich erdrückt, als geriete ich in einen Gefühlszustand, in dem alle bekannten Gemütsverfassungen ihre Macht verloren haben. Jetzt bin ich Pietje. Mir gegenüber lebt und bewegt sich Virginia, die ich nicht gekannt habe. Pietje ist tot, er wurde in die himmlischen Heerscharen aufgenommen und kann jetzt Dinge tun und sagen, deren Inhalt »ich« nicht begreife, doch Virginia gehorcht und antwortet mit einer zarten Stimme, die mir in Wirklichkeit vertraut ist. Es ist, als würde ich in meinen Bewegungen durch eine Trägheit gehemmt, die aus meinem Inneren kommt. Da ist etwas, das mir die Kehle zuschnürt, während ich darüber nachdenke, wo ich erst vor wenigen Stunden mit Aloysius im Regen gewesen bin.

In Gedanken sehe ich unser Haus in der Stadt, unsere Katze, mein Bett. Unterdessen strecke ich die Arme aus nach dem Unbekannten, wo ich immerhin etwas erreichen kann: ich finde ein Mädchen, klein wie ich selbst, willig und warm. Und ich spreche zu ihr in einer albernen, gehobenen Sprache. Doch strenge ich mich weiterhin an, mir unsere Treppe vorzustellen, unseren Dachboden mit den frischgewaschenen, trocknenden Bettlaken. Der Schweiß bricht mir aus, und ohne Tantes Flüsterstimme noch zu hören, kommen die Worte unüberlegt wie von selbst aus meinem Mund. Doch ich weiß plötzlich: wenn ich etwas von dem, was ich früher gewesen bin, ich, Elias, auch nur eine Sekunde lang loslasse, bin ich verloren. Ich muß also durchhalten und weiter Bilder aus meiner Vergangenheit heraufbeschwören: *meine* Schramme an der Stirn, als ich auf die Kante eines Eimers fiel; *meine* verbrannten Fingerkuppen, als ich mit Feuer spielte; *mein* rotes Blut, als mein Fuß in eine scharfe Glasscherbe trat. Während ich als Pietje auftrete, denke und kämpfe ich als Elias.

Der Duft des Tannengrüns, der Qualm schmelzenden Kerzenfetts, der muffig riechende Gardinenstoff, in den ich gekleidet bin: das alles macht mich nicht so krank. Ich versuche, im doppelten Leben dieses Augenblicks mein wirkliches, glühendes Leben festzuhalten. Ich bin mir gleichsam selbst gestohlen; ich vermag meinem Kummer, meinem zornigen Schmerz, meiner Wut keinen erlösenden Ausdruck zu geben, und so gefoltert werde ich zum Spielball einer gräßlichen und fanatischen Vorbestimmung.

In diesem Augenblick hat sich eine Reißzwecke gelöst, und eine Drapierung droht auf das Rampenlicht herabzusinken. Onkel Augustin bekommt sie rechtzeitig zu fassen; vielleicht will er den samtigen Stoff Tante Theodora hinter dem Wandschirm reichen, denn er bleibt mit ausgestreckter Hand in der Hocke sitzen. Der unvorhergesehene Zwischenfall ereignet sich gerade, als wir uns in der Schlußzene umarmen müssen. Ich bin zu müde, zu traurig, um jetzt weinen zu können. Virginia bleibt wie versteinert vor mir stehen; ihre Augen sind aus kaltem Porzellan, und sie hört ganz auf, ihre Rolle zu spielen. Wir stehen uns gegenüber als unvorsichtige kleine Menschen, die ihren schwachen Kräften zuviel abverlangt haben, und unser Durchhaltevermögen ist völlig dahin.

»Die blaue Hand!« schreit Hermine auf.

Onkel Augustin hat sie in den Armen aufgefangen. Der Lampendocht wird hell aufgedreht. Einen Augenblick herrscht Verwirrung; Menschen und Stühle schieben sich durcheinander.

Endlich bleibe ich mit Aloysius und Tante Henriette allein. Sie fragt uns matt, was denn passiert sei. Und ich erzähle von dem Schatten einer Hand, den wir ganz deutlich von einem Schutzengel auf den anderen haben gleiten sehen. Doch Aloysius macht dem kindischen Spuk alsbald ein Ende und, verkleidet wie wir sind, zieht er mich mit hinaus in den Park.

Als wir hinauskommen, hat der Gärtner schon mit der Illuminierung angefangen. Einige Onkel steigen die Freitreppe hinunter, und kurz bevor wir in die dunkle Allee einbiegen, drehe ich mich um und sehe meinen Vater, der aus einem Fenster im ersten Stock einen Schuß aus seiner Entenflinte abgibt.

Der klamme, herbe Geruch taubedeckter Eichenwälder hängt in der Finsternis. Wir hören die Jungen im Chor dreimal »Hurra« rufen; es knallen noch ein paar Schüsse; dann liegt alles zu weit hinter uns, um aufmerksam darauf zu lauschen.

Ich weiß nicht einmal, wohin wir unterwegs sind, aber sicher finden wir etwas Besseres als das abendliche Fest, dem wir entflohen sind. Wir kommen zu dem Bach. Es wird Aloysius große Anstrengung kosten, mich ans andere Ufer zu befördern. Er nimmt mich auf den Rücken; ich halte mich gut an ihm fest; er setzt zum Sprung an, und zusammen, gestützt auf die lange, im sumpfigen Bachbett tief einsinkende Stange, schwingen wir uns über das dunkle Wasser. Auf der nächtlichen Wiese liegen die Rinder und schlafen. Nur eine Kuh hält hoch aufgerichtet Wache, und eine Weile sieht es aus, als wolle sie zu uns herüberkommen. Dann gehen wir rasch weiter durch das dichte, nasse Gras, ohne uns nochmals umzusehen.

Als wir uns dem Gehölz nähern, heißt Aloysius mich warten. Er verschwindet in der Dunkelheit und läßt ein in der Ferne widerhallendes »Hola« hören. Ich halte den Atem an. Hat er nach mir gerufen? Soll ich Antwort geben? Zuerst einmal genau horchen. Drüben zwischen den Bäumen des Landgutes flackern die Lichter der Illuminierung; die farbigen Lampions zittern im Laub, und das Feuerwerk wird abgebrannt. Eine blaue Rakete steigt in den Himmel. Im Dorf dröhnt rumpelnde, bäurische Kirmesmusik. Doch hier ist alles wie ausgestorben. Ich warte schon seit einer Ewigkeit. Kommt das nicht allmählich einer Entführung gleich?

Aloysius erscheint mit zwei unbekannten Mädchen, das jüngere ist etwa sieben, das ältere vierzehn Jahre alt. Wir überqueren einen sandigen Weg und folgen Aloysius wie magnetisiert zu einer kleinen, an drei Seiten von Wald umschlossenen Wiese. Schweigend läuft er ein paar Schritte vor uns her. Die Mädchen zittern in der Abendkälte und lächeln einander zu. Das ältere Mädchen trägt das Haar in zwei dicken Zöpfen. Um ihre Taille liegt ein schwarzer, glänzender Gürtel, und ein blaues Halstuch erhöht die Blässe ihres Gesichts im Mondschein.

Endlich gebietet Aloysius uns Halt.

Aus einem Versteck holt er Reisig und Stroh hervor; alles wird hastig, wie gejagt auf einen Haufen geworfen; unter seiner Bluse kommen eine zerknüllte Zeitung und Streichhölzer zum Vorschein; und im Nu lodert ein hoch aufflackerndes Feuer auf der Wiese. Ich weiß nicht, unter welchem rätselhaften Zwang wir unsere Hände ineinanderlegen und uns im geschwinden Reigentanz um die Flammen drehen. Die Mädchen kreischen vor Vergnügen und die Gesichter leuchten gespenstisch im Schein des Feuers, das knattert und Funken sprüht. Aloysius hat sein Kostüm ausgezogen; er schleudert es mit einem Tritt von sich, und wenn es einem von uns vor die Füße fällt, treten wir es hin und her, bis es in den Flammen landet. Bald ist alles verbrannt, das Feuer gelöscht und nur ein stinkender Qualm hängt noch in der frischen Nacht. Wir haben unsere Hände noch nicht losgelassen.

Wir bleiben dicht beisammen, vielleicht, weil die Einsamkeit uns ein bißchen Angst macht. Wie abgesprochen beginnen wir leise zu singen, während wir langsam im Takt daherschreiten. Um meinen Hals schlingt sich ein kühler Arm. Suchende Lippen glühen auf meiner hämmernden Schläfe.

Kurz darauf trennen wir uns still. Jetzt ist alles vorbei. Und wann werden wir einander wiederfinden?

II

Wie ein abgebrannter Baum hat Aloysius sich auf das Bett plumpsen lassen. Er deckt sich nicht einmal mit dem Laken zu; er vergißt sogar sein Nachtzeug anzuziehen, so daß er lächerlich anzusehen im Hemd daliegt.

Die zuletzt verstrichenen Stunden waren reich an nie zuvor geahnten Empfindungen. Von einer noch nicht verstandenen Wirklichkeit müde und betrübt, genieße ich eine sonderbare, bittere Niedergeschlagenheit. Ich erinnere mich nicht, jemals zuvor auf so mystisch-vertrauliche Art mit den unbeseelten Dingen und der Natur umgegangen zu sein. Und ich fühle nur allzugut, es ist nichts Bleibendes, was mich in Trübsinn versetzt; es ist eine Erfahrung, die sich in immer neuer, immer unbeherrschbarerer Unruhe auflösen will, die durchzuhalten für einen Menschen unmöglich ist. Die angezogenen Knie mit den Armen umschlingend, fühle ich mich wie ein jämmerlich kleines, stummes Kind, das den Finger eines Erwachsenen festhält, um seinen Gefühlen Ausdruck zu geben.

Durch das offene Fenster summen Mücken herein, wimmelnd auf der Suche nach unseren warmen, wehrlos-süßen Köpfen. Unser kleines Zimmer ist wie durchtränkt vom feuchten Geruch welkenden Laubs. Draußen, auf der Terrasse, höre ich bisweilen die Stimme meines Vaters, der in dieser erlesenen Septembernacht mit Onkel Bernard dort sitzt und raucht. Ein Vogel ist über dem Park dahingezogen und hat einen Schrei ausgestoßen; und weit in der Ferne hören wir minutenlang einen Zug durch die Ebene rumpeln.

Wenn ich mit einem harten Gegenstand an die Waschschüssel stoße oder den Porzellandeckel auf die Seifenschale lege, dann entsteht ein Geräusch, dem ich mit banger Freude lausche. Welches Vergnügen bereitet es mir, Dinge zu tun, die mich innerlich erschauern lassen; und wenn ich meine heißen Hände mit gespreizten Fingern flach auf die marmorne Nachttischplatte drücke, spüre ich etwas in mir aufsteigen, etwas, das meine Muskeln zum Zucken bringt und das ich mit einem lustvollen Seufzer von mir weise, um mich kurz darauf in großer Einsamkeit wiederzufinden.

Ich reiße ein paar Seiten aus meinem Heft, um Schiffchen daraus zu falten; ich sitze aufrecht im Bett, die heißen Zehen an Aloysius' kaltes, nacktes Hinterteil gedrückt. Er liegt auf seiner Seite, tief und heftig atmend, das Gesicht zur Wand gekehrt. Sein Hemd sieht aus, als hätte man ihm zerknülltes

Packpapier über den Leib geworfen; er hat unsäglich schwarze Füße.

»Aloysius«, flüstere ich über ihn gebeugt an seinem Ohr.

Sein Gesicht ist heiß und rot verschwollen; doch seine Augen sind fest zugekniffen, damit ich glauben soll, er schlafe. Eine Weile lausche ich seinen Atemzügen. Winzige Schweißtröpfchen perlen auf seiner Stirn. Und siehe da: er fängt an, täuschend echt zu schnarchen. Es ist klar: er will mit nichts und niemandem zu tun haben.

Ich sinke neben ihm zurück, um bald darauf in einem tiefen, erquickenden Schlaf dahinzuschmelzen.

In tiefster Nacht fahre ich hoch. Ist ein schwerer Blumentopf auf dem hohltönenden Bretterboden einer unbewohnten Kammer umgefallen? War es ein Faustschlag an unserer Tür? Das erschrockene, jähe Erwachen hat mir die Kehle ausgetrocknet; meine Schultern sind wie mit einem stumpfen Gegenstand lahmgeschlagen.

Als ich mich aus dem Bett gleiten lassen will, halten zwei kräftige Fäuste mich fest; an Gegenwehr ist nicht zu denken, denn Aloysius ist stark wie ein Pferd. Die Nacht ist ungewöhnlich schwül; der Schweiß bricht mir aus, und nur mit Mühe kann ich Aloysius verständlich machen, daß er mich buchstäblich würgt.

Eilig läßt er mich los. Seine Füße treten stolpernd auf meine schmerzenden Beine. Mit einem Satz stehen wir nebeneinander an der Tür. Wir lauschen mit pochender Angst. Aloysius schaut mich an, ohne mich zu sehen. Seine Augen sind glänzende, harte Kugeln, aus denen der Blick fast ganz verdrängt ist, so angespannt horchen seine Ohren. Seine Nasenlöcher blasen schwer und schnaubend an meiner bei der Rauferei entblößten Brust. Dann öffnet er die quietschende Tür, und wir schleichen auf Händen und Füßen durch den Korridor. Wir kriechen bis zum Treppengeländer, um hinuntersehen zu können.

Tante Zénobie hält eine Petroleumlampe aus weißem Porzellan in der Hand wie einen wunderschönen Strauß. Sie ist noch nicht in ihr dramatisch flatterndes, weißes Nachtgewand gehüllt wie damals, als wir ihr unversehens an Großmutters Krankenbett begegneten. Doch im faden, charakterlosen Licht dieser Stunde und in ihrer tragischen Pose ähnelt sie in ihren Tageskleidern einem krakeelenden Eindringling. Sie ist sehr aufgeregt, und mehrmals fängt sie an, außer sich vor Zorn, so fürchterlich zu toben, als sei sie ihre eigene Feindin geworden. Ihr Geschrei kommt mir künstlich vor; denn sie kann kühl, mit einer eindrucksvollen Altstimme sprechen wie eine herumgeisternde Hexe. Sie stellt die Lampe auf den Boden. Wir sehen, wie ihr spitzer, zitternder, ausgestreckter Zeigefinger einen grotesken Schatten an die Wand wirft; ihr Schattenbild wächst, unglaublich aus den Proportionen geraten, aus dem unansehnlichen, schmächtigen Körper in das nüchterne, glänzend weiß gestrichene Treppenhaus empor. Sie berauscht sich an ihrem Zorn mit der Rachsucht verschmähter Gefühle, und ihre Nerven spielen eine maßgebliche Rolle bei dieser hochdramatischen Darstellung. Dann tritt wieder ein Moment gespenstischer Ruhe ein; in herausfordernd ironischem Ton, wie man zu einem Papagei spricht, um seine ohnmächtige Wut auf andere Leute auszutoben, beginnt sie mit geheuchelter Liebenswürdigkeit zu reden.

»Herr Augustinus«, zischelt sie schmeichlerisch mit untadeliger Artikulation, »Herr Augustinus, eine solche Verehrung habe ich nicht von Ihnen erwartet, mein lieber Herr Augustinus.«

Sie hat die Lampe wieder aufgenommen. Sie beugt sich gefährlich tief über das Treppengeländer; sie krallt ungeduldig mit der Hand in den leeren Raum, als suche sie nach einem Halt, als wolle sie aus einer Wand-von-Haß eine Handvoll tödliches Gestein brechen, um ihren Gegner damit zu zerschmettern.

Eine Weile tobt Tante weiter und tut so, als wolle sie die Lampe in die Tiefe schleudern; Aloysius verbirgt das Gesicht hinter seinem Arm. Dann gehorcht sie einem zwingenden Gedanken; sie stellt die Lampe so auf den Boden, daß ihr Kleid einen Daumenbreit daran vorbeischwingt.

Ganz unten, wo es dunkel ist, steht Onkel Augustin und beklagt sich lallend über die Tugend seiner Frau. Er hat die Jagdstiefel ausgezogen, und, nachdem er etwa fünf Stufen hochgestiegen ist, wirft er die polternden Dinger hinunter. Er kann den Mund nicht halten. Er lacht wie ein dreckiger Lump, wie ein kirmesbesoffener Dorfmusikant. Doch dann schreit Tante, »daß er ein Schwein ist«. Sein Schatten drückt sich in der dunklen Tiefe herum wie der Bodensatz in einem Faß.

Beim Frühstück sitzt Tante Zénobie hart und trocken da, wie ganz aus unbiegsamem Holz geschnitzt. Mit Aloysius sitzt sie einsam an dem großen, weißgedeckten Tisch, zwischen den vielen leeren Stühlen. Aloysius schneidet sein Butterbrot in fingergliedkleine Stücke; sein Messer fährt langsam an der linken Hand-mit-dem-Brot entlang, als unterstreiche er nachdenklich die Überschriften seiner Schulaufgaben. Auf dem Teller liegt ein Ei; zwischen den auf die Ellenbogen gestützten Armsäulen ruht das Ei wie in einer kühlen, geweihten Nische in Tantes Schatten. Rote Flecken zeigen sich auf ihrem abgehärmten Gesicht; sie reibt ihr knochiges Kinn an den blutleeren Knöcheln ihrer verschränkten Finger. Bei jedem Atemzug piepst ihre Brust, und ohne zu zögern könnte ich mit einem Finger auf die Stelle zeigen, wo die Krankheit an ihr nagt.

Tante beachtet mich nicht. Sie erinnert mich an eine unterirdische Explosion in einem Felsmassiv, von der ich gelesen habe: an der Oberfläche sieht man nur ein paar Risse und Sprünge, doch in der Tiefe muß die Wirkung schrecklich sein; jede Verbundenheit, jede solide Sicherheit ist zerstört; es bedarf nur eines bösartigen kleinen Stoßes, und das ganze Ungetüm ihrer pompös aufgeblasenen Würde stürzt zusammen. Aloysius dreht mit den Fingern Krümel zu einem Kügelchen. Manchmal scheint er aufzuschrecken und wirft einen scheuen Blick über den Tisch. Doch sein Kopf bleibt immer gleich tief gesenkt, während seine Augen die Gegenstände abtasten, die in ihrer stolzen Stofflichkeit, leblos und in einer unbestimmten, blanken Unordnung verstreut, trotzig und tragisch auf dem Tisch stehen. Die unberührten Butterbrote scheinen dem Licht zu lauschen. Die Fensterwände schauen durch uns hindurch. Instinktiv trage ich mein Teil an der Situation, die durch die bedauerlichen Ereignisse der vergangenen Nacht geschaffen wurde. Es ist lächerlich, wie falsch ich mich verhalte; doch wenn ich mich übertrieben benehme, dann nur aus Angst, Tante Zénobie könnte erneut mit ihren düsteren Klagen beginnen. Sie ist nicht im mindesten bereit, zu verzeihen, und wenn es darauf ankommt, wird sie ihre Würde unversöhnlich auf die Spitze treiben, auch wenn sie dabei hart und grausam gegen sich selbst sein muß.

Wir sitzen schon lange wortlos um den Tisch, als Onkel Augustin hereinkommt. Wir haben ihn nicht die Treppe herunterkommen hören; er tritt ins Zimmer mit einer Geste, als warteten zwanzig Leute ungeduldig auf ihn; und mit einem Schlag ist die Atmosphäre vollkommen verändert. Er beginnt sofort, munter auf Aloysius einzureden, schiebt die Beine freimütig und tief unter den Tisch, greift zu und ißt. Wie gerufen erscheinen in diesem Augenblick Tante Theodora und meine Mutter. Doch plötzlich ist da auch Gefahr, Unruhe und gegenseitige Verachtung. Ohne mir der geringsten Schuld bewußt zu sein, trifft mich Tante Theodoras Blick härter als ein Schlag ins Gesicht.

In dem Moment, als mein Vater hereinkommt, passiert etwas. Niemand hat es vorausgesehen, niemand kennt den Anlaß zu Tantes Aufschrei: Onkel Augustin hat unter dem Tisch versehentlich mit dem Fuß Tante Zénobies Fuß angestoßen. Sprachlos vor Wut ist Tante aufgesprungen, ihre Hände machen eine Bewegung, als wolle sie einem Huhn den Hals umdrehen. Danach sackt sie auf ihrem Stuhl zusammen.

Als meine Mutter schnell mit einer tropfnassen Serviette herbeistürzt, als habe sie nur auf den richtigen Moment gewartet, um in der verrückten Komödie mitzuspielen: da sehen wir, wie Tante Zénobie den Kopf folgsam nach hinten neigt, als nehme sie mit beinahe fürstlichem Stolz ein Diadem in Empfang. Doch kaum hat die Kälte sie berührt: noch ehe das Tuch um den dicken rötlich-gelben Haarknoten festgeknüpft ist, fällt ihr Oberkörper mit einem Plumps auf den Tisch und bleibt so liegen, bis Onkel Augustin sie wie eine Garbe schlaffer, schleifender Strohhalme hinausträgt.

Heute ist der letzte Ferientag und morgen fährt Aloysius für lange Zeit ins Internat. Den ganzen Vormittag habe ich neue, blaue Umschläge für seine Schulbücher zurechtgeschnitten. Als der kleine Stapel fertig ist, bringe ich ihn hinauf in die Kammer mit den Wäscheschränken, wo Tante Zénobie und Tante Theodora Aloysius' Koffer packen, der an der Innenseite mit muffig riechenden, vergilbten Zeitungen beklebt ist. Die einfachsten Gegenstände werden hineingelegt und bekommen eine obskure Bedeutung von Ruhm und Ehre, von historischen Schlachten und heldenhaft überstandenen Schiffbrüchen. Ich denke an Napoleon, an Inseln und Affen.

Doch als ich mir für einen Augenblick den Abschied von Aloysius vorstelle, kann ich die alltäglichen Dinge, die Hemden und wollene Winterwäsche, die geputzten Schuhe und Pantoffeln in einer Papiertüte, die Toilettensachen und mehrere Gebetbücher nicht ohne Ergriffenheit ansehen. Sie scheinen mir eine Art Ruhe vorzutäuschen, die einen wilden Aufruhr in sich birgt, überwältigend und großartig, um das gesamte Landgut und seine Bewohner von der Erdkruste hinwegzufegen wie ein Orkan.

Tante Theodora faltet alles eckig und glatt; unter ihrem Regiment scheint jedes Kleidungsstück auf das andere zu passen, als hätte man es mit einem Messer zurechtgeschnitten. Dann nimmt sie eines nach dem anderen die

Schulbücher und baut daraus bedächtig und eigensinnig-zäh eine kleine Wand zwischen den Laken, Hemden und Taschentüchern.

Unterdessen steht Tante Zénobie, mit dem Rücken uns zugekehrt, vor dem offenen Dachfenster. Sie trägt ein Kleid mit sehr engen Ärmeln und weißen Manschetten. Ein kühler Geruch wie von regennassem Eisen umgibt ihre peinlich saubere, engelhafte Gestalt. Als ich an ihre Seite trete, kann ich es nicht unterlassen, meine Zehen gegen die harte Innenseite der Schuhe zu drücken, obwohl das Gefühl nicht gerade angenehm ist. Ein Faden von Kälte zittert durch mein Rückenmark; ich beiße die Zähne aufeinander, daß sie knirschen. Es ist, als lüde ich auf diese Weise meine Nerven mit neuer Energie. Wenn ich sehr aufgeregt in der halbdunklen Remise herumtrabe, springe ich an den Mauern hoch und lasse unvermittelt einen rohen Schrei hören: »Zénobie«, ohne darüber nachzudenken, warum ich die Laute ausstoße. Ich sage gern »Zénobie« in dem Ton, wie der Waldhüter mit einem Fluch seinen Mut beweisen will, wenn er Tante Theodora von den Wilddieben berichtet. Tante Zénobie nimmt nicht zur Kenntnis, daß ich existiere; ich bin fest davon überzeugt, daß sie meine Anwesenheit nicht einmal dann wahrnehmen würde, wenn ich neben ihr eine Fensterscheibe einschlüge.

Unten auf der Freitreppe sitzt Aloysius und wartet auf mich. Wir gehen sofort zum Bach, von schwermütigen Gedanken an unsere »Zukunft« erfüllt, wie wir die bevorstehende Trennung zu nennen pflegen. Ich weiß nicht, was plötzlich in ihn gefahren ist, doch Aloysius hat heute bislang unbekannte Anwandlungen von Zärtlichkeit, die er mir bekundet, indem er zum Beispiel den Arm um mich legt, den ich stark und wirklich an meiner Schulter spüre. Unter seiner Bluse sind diesmal keine Schiffchen versteckt.

Heute nacht ist ein lauer, leichter Regen gefallen; der Himmel ist jetzt aufgeklart, und kleine, träge Wolken trinken das bernsteinfarbene Septemberlicht. Das Gebüsch liegt totenstill und betäubt im beginnenden Herbst; man kann sich nicht wild und gedankenlos hindurchzwängen wie früher. Und dann dieses mühsame Vorankommen zwischen den Sträuchern: ist es wohl übertrieben, sich vorzustellen, daß es ein Unternehmen ohne Ende wird?

Auf Umwegen erreichen wir den Bach an einer Stelle, wo das Wasser ziemlich breit ist. Dort setzen wir uns nebeneinander auf den Boden, hinter uns die hohen Bäume des Parks, wo strenger und ewiger Friede zu walten scheint. Ab und zu werfen wir ein Blatt, ein Ästchen in das dahinströmende Wasser, das lautlos wie ein Dieb damit entflieht. Und warum sollten wir unsere Ergriffenheit in Worte fassen, wenn wir uns beinahe alles und jederzeit sprachlos mitteilen können?

Bisweilen hallt ein Gewehrschuß durch die Einsamkeit. Es ist Onkel Augustin, der in der Gegend herumirrt, fern von Zuhause, wo er seine despotisch-pedantische Frau der Fürsorge und dem Gejammer ihrer Schwestern überlassen hat. Ohne uns etwas anmerken zu lassen, zählen wir die Schüsse; und wie abgesprochen, nach etwa einer vollen Stunde Schweigen, nennen wir zugleich dieselbe Zahl. Unsere Stimmen klingen heiser und trocken. Wir haben zu lange und zu angespannt horchend stillgesessen.

Wenn Onkel Augustin seine Familie auf dem Landgut besucht, bekommt seine Erscheinung sehr bald das ungepflegte Äußere eines gesunden, derben Waldhüters. Er kann nicht lange auf einem Stuhl sitzen, um seine Zeitung zu lesen; er schlendert zum Fenster, bleibt stehen, guckt einen Augenblick in das aufgeschlagene Blatt, und geht dann rasch zu einem anderen Fenster, ein dauerndes Hin und Her, von einem Fenster zum anderen. Manchmal läuft er auf Socken im Hause herum oder plaudert in Hemdsärmeln und ohne Kragen mit dem Gärtner. Noch keine Stunde weilt er in unserem bürgerlich-korrekten Milieu, da hat er schon wieder den Jägeranzug aus Cordsamt an. Und er weiß doch, wie fuchsteufelswild Tante Zénobie wird, wenn sie ihn in diesem »Unglückskostüm« herumlaufen sieht. Eine Weile bleibt Onkel auf der Terrasse; mit dem Messer schneidet er ein Stück Holz sinnlos in Späne; er geht hinein; er geht hinaus. Scheinbar ohne sich zu beeilen, ist er im Nu verschwunden. Den ganzen Tag lang streunt er durch die Wälder, über Äcker und Wiesen; lungert bei einem Bauern auf dem Feld herum oder verdrückt sich mit dem rotversoffenen Straßenwärter in eine Arme-Leute-Kneipe. Sein Hund bekommt eine Schüssel Wasser; ach Onkelchen, hast du wieder unstillbaren Durst nach Branntwein, am liebsten ordinärem Fusel? Er mag einen schnellen, scharfen Schluck. Er setzt sich in aller Ruhe an den Ofen, die Beine auf einem Stuhl; und er bringt die gerissensten Taugenichtse zum Reden. Oder er spielt mit der Wirtin eine Partie Darts; und wenn ihn der Hunger plagt, ruft er nach einer Omelette mit Schinken. Er vergißt seinen Schreibtisch, seinen Buchhalter und den Anwalt; er hat die Nase voll vom Theater, von der Kirche, von Visiten und Vergnügungsreisen. Er will nichts wissen von Beerdigungen oder Hochzeiten; bis tief in die Nacht sitzt er im Büro und schreibt Briefe nach Übersee, um in den Besitz einer Muschel, eines Erzbrockens oder eines wunderschönen Schmetterlings zu gelangen. Von Geschenken hält er nichts; alles wird mit klingender Münze bezahlt, und was einmal gekauft ist, so klein oder wertlos es auch sein mag, bleibt ihm immer lieb und wert.

Es ist durchaus möglich, daß Aloysius morgen abreist, ohne seinen Vater zum Abschied geküßt zu haben. Denn ist es nicht schon oft so gewesen: die alte knarrende Kutsche fährt vor; Tante Zénobie steht da und zittert vor krankhafter Ungeduld. In der Ferne fallen Gewehrschüsse, kurz und laut, mit einem überraschend weittragenden Widerhall. Aloysius hat jedem von uns die Hand gedrückt; er steigt ein, ein wenig blaß geworden. Niemand kümmert sich um ihn. Schau: die ganze Familie hat sich zum Abschied auf der Freitreppe versammelt; doch niemand interessiert sich für Aloysius' Wohl und Wehe, denn alle sind in diesem Augenblick in Gedanken mit seinem »liederlichen« Papa Augustin beschäftigt. Der Kutscher zieht die Zügel an; es ist Zeit. Langsam wendet die Kutsche im knirschenden Kies, und wir sehen die schwarzen Lederkoffer aus Großvaters Zeit, die mit Riemen hintendrauf festgeschnallt sind. Die havannafarbige Gardine hinten im Fahrzeug bleibt geschlossen; nur die Seidenquaste schaukelt leicht, wenn die Räder in den Wagenspuren holpern. Kein Taschentuch winkt aus dem Fenster. Zusammen mit Hermine sehe ich die Kutsche in der Buchenallee verschwinden; bald werden wir auch die Glöckchen des Pferdes nicht mehr klingeln hören. Tante Theodora hat ein wachsames Auge auf uns, denn es ist uns strengstens verboten, ein Lebewohl zu rufen oder der Kutsche nachzulaufen. So wird unser herzliches Abschiedswort, unser schönes Lebewohl totgeschwiegen. Und wieder werde ich als einziges Kind unter wunderlichen alten Menschen zurückbleiben; denn in ein paar Tagen reist auch Hermine ab, und bald sind alle Blätter von den Bäumen gefallen.

Jede Stunde dieses letzten Ferientages will ich festhalten, vergeblich denke ich mir Möglichkeiten des raffiniertesten Selbstbetrugs aus. Doch sobald ich den Fuß bewege, wird sofort das Bewußtsein in mir wach: Elias, du kannst deinen Fuß immer wieder auf dieselbe Stelle, in derselben Haltung niedersetzen; du wirst es zum zweiten, zum dritten, zum vierten Mal tun, doch so oft du es auch versuchst: immer wird es nur die Wiederholung jenes unvorhergesehenen, jenes unwiderruflich entschwundenen ersten Mals sein. Ich möchte Aloysius berühren, um die Wehmut in mir zu stillen. Ich getraue mich nicht einmal, ihn anzusehen.

Nach dem Abendessen sind wir unbemerkt hinausgeschlichen. Statt uns geradewegs zum Bach zu begeben, wie ich erwartet hatte, gehen wir rasch hinter dem Schloß herum, in die Richtung, aus der die Eier, die Milch und das Brot kommen.

Es ist ein düsterer Teil des Landgutes ohne die perlgraue Fernsicht der anderen Seite, wo sich Wiesen und Bäche dahinziehen. Bald wächst überall dichtes, graues Gestrüpp, über das die riesengroßen Bäume des Waldes hinausragen, in den ich nur selten eingedrungen bin. Der Abend macht sich hier früher bemerkbar, und man könnte fast meinen, es sei die Finsternis selbst, die im Unterholz zu rascheln beginnt. Nur in den Kronen der jahrhundertealten Eichen ist Licht wahrzunehmen, das man kaum noch Licht nennen kann, so unwirklich ist es in seiner beinahe unbeschreiblichen Herrlichkeit. Wir wählen jetzt sehr enge, stellenweise überwucherte Pfade. Aloysius scheint den Weg blindlings zu kennen. Ich frage nicht, wohin wir gehen; wir brauchen kein Ziel; wir sind daran gewöhnt, einen unersättlichen Wandertrieb heranwachsen zu lassen. Daraus werden immer verwegene, am liebsten abendliche Streifzüge, und uns fehlt die Willenskraft, der Lust des Vagabundierens zu widerstehen. Hals über Kopf geraten wir in ein verrücktes, grenzenloses Phantasieleben.

Alles hier scheint jungfräulich, unbetreten und wie für uns geschaffen; nur in einer solchen Welt können wir zur Ruhe kommen. Einmal wird auch dieses Gebiet erobert und gerodet sein, und nichts, buchstäblich nicht ein einziger geheimer Ort wird bleiben, um das Nagen in unseren Herzen zu stillen. Durch wehrhaftes Grün müssen wir uns zwängen; die Farne rauschen wie Meereswellen um unsere Beine. Wenn wir die herabgedrückten Äste voreilig loslassen, schnellen sie federnd hoch und schließen jeden Durchschlupf hinter uns. Unversehens spüre ich in meiner Lippe den heißen Stachel eines heimtückischen Insekts. Dann nähern wir uns einer breiten Allee und lassen uns von der buckligen, von knorrigen Wurzeln durchwachsenen Böschung hinabgleiten.

Ein weißgekalktes Zweifamilienhaus mit Reetdach liegt am Weg. Wie gewohnt geht Aloysius voraus; ich muß ihm nur folgen, um etwas Erstaunlichem zu begegnen. Nicht einmal meine Eltern können mich so überraschen, wie Aloysius es bisweilen tut; selbst wenn er lügt, ist es immer herrlicher, seinen Lügen zu glauben als der zärtlich verlogenen Wahrheit, mit der meine Mutter mich umgibt.

Hinter dem Haus steht ein Fahrrad an der Wand. Nur unserem Gefühl, unserer Stimmung folgend schleichen wir uns vorsichtig durch die Gärten; wie Schlafwandler huschen wir an den Häusern entlang, in denen Breiesser die Löffel auf den Tellern klappern lassen. Eine Leiter lehnt an einem Baum; da ist eine Vogelscheuche, ein umgefallener Besenstiel. Weiter hinten dunkelt eine dichte, fast schwarze Hecke. Geradlinige Gartenwege und Gemüsebeete liegen wie lauschend da. Entzückt verweilen wir an dem zweifelhaften Ort, zu dem uns der Zutritt verboten ist, in einer unbekannten Umgebung, wo die einfachsten, alltäglichsten Dinge von stummer Ruhe künden.

Aloysius gibt mir ein Zeichen, in die Allee zu gehen. Leise folgt er mir mit dem entwendeten Fahrrad, und wie verzückt fängt er an, unter den hohen, totenstillen Buchen der Allee, wo jetzt die Nacht eingefallen ist, auf und ab zu fahren. Ich traue mich nicht, meine ängstlichen Bedenken in Worte zu fassen. Der bittere Geruch der Baumwurzeln steigt aus dem Boden auf. Wenn Aloysius an mir vorbeiradelt, versuche ich ihn mit gedämpfter Stimme anzureden, doch letztlich bleibt es bei unverständlichen, albernen Gesten. Er sitzt kerzengrade, beide Hände am Lenker, und langsam, träumerisch geht die unvergeßliche Fahrt weiter. Nichts ist zu hören als das Flüstern der Reifen auf dem harten Feldweg. Aus Angst, gesehen zu werden, habe ich mich der Länge nach im taunassen Gras hinter der Baumreihe ausgestreckt und behalte unablässig das Haus im Auge. Die nächtliche Kälte dringt durch meine Kleider und weckt ein wehmütiges Erstaunen. So viele quälende Gedanken schießen mir durch den Kopf, und ich denke an Dinge, die vor langer Zeit geschehen sind und die ich ganz vergessen wähnte. Unterdessen taumelt der stille Radler in berauschender Fahrt durch die Allee; ich kann ihn nicht aufhalten; er versteht mich nicht und achtet nicht auf mich, wenn ich versuche, ihn wie einen träge flatternden Nachtvogel in meinen Armen aufzufangen.

Mitunter beginne ich zu zweifeln, ob ich noch wach bin, ob dies alles wirklich vor meinen Augen geschieht. Als Aloysius sich mir neuerdings nähert, springe ich auf; mit ausgebreiteten Armen versperre ich ihm den Weg. Er ist nur noch ein paar Meter von mir entfernt. Seine Augen funkeln kühn in dem weißen Gesicht. Er starrt mich an, und wenn ich mich nicht täusche, ist sein Gesicht tränennaß. Das Vorderrad berührt mich und drückt mich mit einem ungeschickten, federnden Stoß beiseite. Wie ein flüchtender Schatten beschleunigt er seine Fahrt, unbesiegbar-sicher und geheimnisvoll in seinem Kummer.

Morgen verläßt er mich, für wie viele Monate? Es sind seine letzten sorglosen Stunden, die er vertrödelt und vertut, um sie zu strecken, damit sie, in seiner Vorstellung, ein paar Sekunden länger dauern. Hin und zurück, wieder und wieder, mit einer Regelmäßigkeit, daß mir die Sinne vergehen, fährt er weiter.

Hinter den Häusern geht ein kupferfarbener Mond auf. Und plötzlich taucht aus der Waldestiefe schwanzwedelnd unser Hund auf und springt mir mit den Vorderpfoten gegen die Brust. Kurz darauf höre ich Onkel Augustin im Dunkeln nach Silla pfeifen; doch ich halte das große, sanftmütige Tier zurück, um in der Dunkelheit nicht allein zu sein, da Aloysius ja doch nicht auf mich hören will.

III

Viereckig und kahl steht das Landhaus im Novembersturm. Außer an den Wohn- und Schlafzimmern sind alle Fensterläden geschlossen. Auch wenn man einen Gewehrschuß abfeuerte, würden die Räume nicht erlöst von der Heimtücke, die die Wände zu Feinden der Menschen macht.

Heute habe ich meinen ersten freien Nachmittag; wenn ich eine Fabel von La Fontaine auswendig niedergeschrieben habe, darf ich abends einen Entwurf für einen Brief an Aloysius anfangen. Mein Aufgabenheft liegt offen auf dem Kaminsims; Tante Theodora steht davor und sucht eifrig in meiner Arbeit nach einem fehlerhaft geschriebenen Wort, damit sie ihr gegebenes Versprechen zurückziehen kann.

Obwohl draußen ein richtiges Hundewetter tobt, schmiede ich Pläne, um unbemerkt in den Park zu gelangen. Die hohen Fenstertüren, die auf die Terrasse und an der Rückseite des Hauses ins Freie führen, sind mit hölzernen Wintertüren doppelt verschlossen, so daß es in der Halle kellerdunkel ist; den ganzen Tag über brennt eine einsame, trübe Petroleumlampe. Also muß ich die alte Martina in der Küche überlisten, um durch den Dienstbotenausgang zu entwischen.

Vom Garderobenständer zerre ich den ersten-besten Damenmantel; warm und fest wickle ich mich darin ein und ziehe ihn schützend so über den Kopf, daß ich durch einen Spalt hinausgucken kann. Gebückt schleiche ich mich unter dem Wohnzimmerfenster davon und begebe mich zum Bach. Als ich im strömenden Regen stehe, reut mich mein Abenteuer schon ein wenig; ich fange an, mir etwas auszudenken, das mich selbst ins Unrecht setzt, und doch bleibe ich draußen, um meine Ruhelosigkeit zu steigern. Unter dem Mantel bekomme ich kaum Luft; mein Kopf sehnt sich nach Regen und Wind; unmittelbar darauf treibe ich wie ein taumelndes Laubblatt über das Landgut, ohne Rücksicht auf die gebahnten Wege.

Der Bach führt abgebrochene Äste mit; sie sind wie Runenzeichen, die, immer wieder anders gelegt, eine andere, unterschiedliche Bedeutung bekommen. Ich habe keine Schiffchen vorbereitet. Jetzt bleibe ich stehen und schaue über die Wiese in die Ferne, aus der mir der wilde Geruch der sterbenden Natur entgegenweht: alles hat aufgehört, etwas Vertraut-Verschwommenes um sich zu haben wie damals, als ich mit Aloysius das Geheimnis der sprachlosen Dinge gleichsam in mich saugte. Und ich spreche an diesem einsamen Ort Aloysius' Namen aus, als erwartete ich, dadurch würde ein Wunder geschehen.

Der Regen fällt in Strömen auf das Wasser, auf das faulende Gras, auf die windzerzausten Sträucher; der Boden ist glitschig unter den Füßen, vor allem da ich, bevor ich hergekommen bin, Martinas breite Holzschuhe über meine Schuhe gezogen habe.

Als es mir gelingt, unbemerkt ins Haus zurückzuschleichen (wo ich eilig meine triefnassen Hände in ein lauwarmes, klammes Handtuch wickle): ich fühle mich plötzlich so müde, von Langeweile und ungestillten Sehnsüchten überwältigt. Lustlos gehe ich in den Salon. Auch hier sind die Fensterläden geschlossen; das Tageslicht sickert spärlich durch die Spalten, so daß sich eine eigenartige Sicht ergibt, als ich mich eine Weile in dem Raum aufhalte. Es ist, als erblickte ich alles um mich herum aus einer Entfernung von Jahrhunderten. Die mit Blumen und Störchen bestickten Vorhänge – in die ich mich gern einwickle, wobei mich die Lust überkommt, in einem anderen Körper zu atmen als dem meinen –: die Vorhänge sind bis zum nächsten Frühling abgehängt worden.

Ich krieche unter den Tisch. In meiner Hosentasche finde ich das elfenbeinerne Nadelbüchschen von Tante Henriette. Meine Haare sind naß. Ich kneife die Augen zu. Draußen peitscht der Regen hin und wieder gegen die Fensterläden; ein geheimnisvolles Pochen ertönt auf dem Holz; im Salon hört es sich an, als bitte etwas unablässig darum, zu uns hereingelassen zu werden; es muß bis in die tiefen Gänge zu hören sein, die die Holzwürmer in die Möbel nagen.

»Wer bist du, dort draußen?« frage ich, ohne die Augen aufzumachen, während ich heimlich und treffsicher mit der Nadelspitze in meine zitternden Fingerkuppen steche, bis Kälte und Hitze zugleich meine Ohren überfluten, was mir ein gruselig-banges Glücksgefühl verschafft.

Wenn ich in mein Inneres zu schauen versuche, wird mir schnell bewußt, daß ich dort nur sehe, was mein bilderschaffender Geist mir vorgaukeln will. Dennoch bin ich nicht unempfindlich gegen die einfachen, greifbaren Dinge. Bis ich mich, ein wenig selbstüberheblich, zu fragen beginne: Elias, warum hast du deine Fingerkuppen mit einer Nadel gefoltert? warum hast du Tante Henriettes Nadelbüchschen gestohlen? und warum läßt du einen eiskalten Elfenbeinwürfel unter deinen Kleidern herunterrutschen, nur um am ganzen Körper einen Schauder zu spüren, so eindringlich-süß, daß man weinen möchte? Ich habe hin und wieder versucht, die Dinge so zu zeichnen, wie sie mir durch den Kopf schwirren;

wenn ich dann mein Gekritzel betrachte, ist es nur eine ganz gewöhnliche Katze, ein Blumentopf oder ein Schuh. Und warum können meine Gedanken sich stundenlang mit mir selbst beschäftigen?

Unterdessen bin ich aufgestanden; ein paarmal gehe ich um den Tisch herum. Aus meiner Hosentasche hole ich zwei Steine; ich schlage sie mit einem trockenen, kurzen Schlag gegeneinander und dabei entsteht ein wundersamer kleiner Funken. Im Dunkel des Zimmers erlischt er wie die glühende Spitze eines Gravierstichels, die man im Traum verglimmen sieht. Ich reibe ein Steinchen an meiner verschwitzten, straffgespannten Stirn – und glaube ein funkensprühendes Feuer *in mir* zu spüren.

»Aloysius«, will ich noch rufen; doch die köstlichen Silben kommen mir nicht über die zusammengepreßten Lippen.

Für kurze Zeit sehe ich ihn in aller Klarheit und durchsichtig wie einen Erzengel vor mir. Die Spannung von Fühlen und Denken ist nicht länger als wenige Sekunden durchzuhalten. Ich habe meine eigene Phantasie gleichsam überflügelt und bin nun ernüchtert in einem Gefühl der Ohnmacht gelandet.

Im kleinen Studierzimmer mit den glänzenden braunen Empiremöbeln mache ich täglich meine Aufgaben unter Tante Theodoras Aufsicht. Das Tintenfäßchen steht in einem Holznapf, mitten in trockenem Sand; wenn ich die Feder in die Tinte tauche – und nach Tantes Meinung vielleicht zuviel herausnehme – oder wenn ich sofort weiterschreibe, ohne die Feder nach dem Eintauchen vorsichtshalber zu prüfen: dann fordere ich ihre strengsten Vorwürfe heraus. Wenn meine Feder kratzt oder Kleckse macht oder wenn ich ungeschickt mit dem Löschblatt hantiere, so daß die Schrift sich verwischt: dann senken sich ihre Mundwinkel zu zwei tiefen Falten des Mißfallens. Wenn sie arg böse ist, spricht sie kein Wort; sie lacht und peinigt mich bis aufs Blut. Ich mag Tante Theodora nicht und bin froh, wenn der Gärtner oder der Waldhüter hereinkommen und über Dinge berichten, die ihren Zorn erregen. Obwohl ich täglich mit ihr zu tun habe, interessiert sie mich viel weniger als die so viel jüngere Tante Henriette, die mir unwahrscheinlich-stark zugetan ist. Diese Tante kleidet sich auffallend altmodisch, fast schlampig und mit bedauerlicher Nachlässigkeit; wie eine welkende, schlaffe Blüte hat sie sonderbare Momente von Schönheit. Sie neigt zu zornigen, ungerechten Ausbrüchen; ihre Aufregung ist die Summe ohnmächtiger Sehnsüchte, und ich finde es tragisch-herrlich, wenn sie, ohne vom Stuhl aufzustehen, ohne eine einzige Handbewegung, die Anwesenden etwas wie einen kalten Windstoß spüren läßt. Unnahbar wohnt Tante unter uns, voll Sehnsucht nach unmöglich-schönen Dingen. Bisweilen, wenn ich in meiner Freizeit durch die Zimmer streife, finde ich sie im Salon mit geschlossenen Augen, wie leblos auf dem Kanapee liegen, unter einem länglichen Gemälde, auf dem ein zugefrorener Weiher, Bäume und Abendröte abgebildet sind.

Während ich mich im Studierzimmer abplage und langweile, den Zeigefinger auf die schlau-hinterlistigen Zahlen des Rechenbuches gelegt, höre ich Tante Henriette im angrenzenden Raum laut deklamieren. Ich bemühe mich, etwas davon aufzufangen; so sehr ich mich anstrenge: ich verstehe kein Wort. Sie geht hin und her; einmal höre ich ihre Stimme aus der Nähe, klagend und schleppend oder schrill und beißend; ein wenig später muß ich die Ohren spitzen, um einzelne entfernte Töne wahrzunehmen. Wie mir scheint, ahmt sie beim Sprechen mehrere Personen nach, die sich wechselseitig in verbitterten Zorn steigern, und schließlich folgt ein Ausbruch unkontrollierter, angsteinjagender Schreie und Jammerlaute.

Ganz allein sitze ich da und denke über Tante Henriette nach. Meine Mutter hat ruhige, ein wenig geschwollene rote Hände; wenn ich ihre Hände betrachte, fühle ich mich immer glücklich und geborgen. Tante Henriette dagegen hat schön geformte Hände, sie sind schmal und weich und duften nach Mandelölseife. Und wie oft habe ich ihre kühle Härte gespürt, wenn sie mich beim Balgen in den Nacken kniffen. Ich kann mir aber nicht erklären, warum und was das unwiderruflich Verschlossene an ihr ist.

Als ich, nachdem ich meine Aufgaben sorgfältig erledigt habe, ins Wohnzimmer hereinkomme, um meine Erdkundelektion zu lernen – da tritt Tante langsam näher und legt ein paar Holzscheite aufs Feuer. Ihre goldene Uhrkette baumelt in einem Bogen leicht hin und her. Die Uhr steckt unter dem Kragen, fest gegen den Hals gedrückt; ich erinnere mich, wie gut sie sich anfühlte, als ich sie einmal in die Hand nehmen durfte. Sie war klein und warm wie ein soeben gestohlenes Vogelei. Wenn ich den Atem anhielt, hörte ich das Ticktack, ganz nah an meinem Kopf, an der Stille nagen. –

Noch lange starrt Tante neben mir in die Flammen, als zähle sie bis Tausend, nachdenklich und mit einer bösen Falte zwischen den Augenbrauen. Auf die farbige Landkarte in meinem Buch fällt der goldene Schein des Feuers. Draußen rauscht der Regen ohne Unterlaß, und die Abenddämmerung ist angebrochen.

Am nächsten Tag habe ich Zeichenunterricht. Tante Henriette hat eine kleine Schnecke mitgebracht, die sie auf den gelblichen Globus setzt. Ein sonderbarer Einfall, der mich zum Lachen bringt. Sie gibt der mit Hunderten von feinen Rissen überzogenen Erdkugel einen leichten Stoß, so daß sie sich quietschend um ihre Achse dreht, auf dem Nordpol die fest haftende, sich mitdrehende Schnecke.

»Heute morgen habe ich sie am Bach gefunden«, sagt Tante: »sie sieht hübsch aus, nicht wahr, Elias?«

Plötzlich erstarre ich vor Argwohn. Die Wege zum Bach haben sich in Schlammpfützen verwandelt; es ist fast unmöglich, sich auf dem glitschigen Boden aufrecht zu halten. Warum ist Tante zum Bach gegangen? Was hat sie dort gesucht? Denn um dorthin zu gelangen, muß man sich durchs Gestrüpp drängen, und das dürfte mit ihren weiten, schleppenden Kleidern schwer für sie sein.

Ich hole meine Zeichenutensilien und eine Rolle Papier aus dem Schrank; ausnahmsweise will ich heute auf ein loses Blatt zeichnen, um Aloysius damit zu überraschen. Als ich mich umdrehe, beugt sich Tante mit beschwörend erhobener Hand über den Globus. Ich verstehe die beschwörende Geste nicht. Ihre Nasenflügel sind ungewöhnlich durchscheinend; es sieht aus, als versuche sie einen durchdringenden Geruch zu wittern, der meines Erachtens nicht wahrzunehmen ist. Und siehe da: die Schnecke kommt langsam aus den Windungen ihres Hauses gekrochen; ihre karmesinfarbenen

Fühlhörner tasten herum, ohne etwas zu finden. Ich vermag meine Ungeduld nicht länger zu zügeln und beginne mit einem scharf gespitzten Bleistift zu zeichnen. Nach einer Weile merke ich selbst, wie grob mein Gekritzel ist, von dem Allerliebst-Rührenden einer Schnecke-und-ihrem-Häuschen ist überhaupt nichts darin vorhanden.

Soll ich in meinem Brief an Aloysius erwähnen, daß Tante Henriette eine Schnecke von »unserem« Bach mitgebracht hat? Daß ich sie für ihn abgezeichnet habe? In mir ist ein Argwohn erwacht, dessen seltsame Eindringlichkeit ich nicht erklären kann. Fortan muß ich auf der Hut sein, denn möglicherweise sind die Geheimnisse, die tief in mir vergraben liegen, für Tante Henriette lesbar geworden. Als ich ein wenig später nochmals darüber nachdenke, beruhige ich mich; die Bäume und das Wasser können mich nicht verraten; jedes feste Boot findet seinen Weg in eine unendliche Leere, in die ich selbst noch nicht gelangen kann. Ich will nun möglichst bald ein Schiffchen machen, auf dem Aloysius' Name voll ausgeschrieben steht.

Vor mir steht der Globus mit den verblaßten grünen Meeren, von denen Aloysius träumt; die wundersamen Namen der Buchten und Halbinseln kennt er auswendig, und bisweilen macht er die Augen zu, um blindlings mit der Fingerspitze auf eine Stelle zu zeigen: »Hier will ich hin«, sagt er stolz: »und hierhin und hierhin!« Sein Hochmut ist ein bißchen starr, aber aufrichtig, so daß ich in solchen Augenblicken mein Herz vor Bewunderung klopfen fühle. In diese Fernen werde ich Aloysius nicht folgen können; in Gedanken werde ich mit meinen Wünschen, mit meiner Phantasie und meiner Sehnsucht bei ihm sein.

Als ich schon drei Schnecken gezeichnet habe, entdecke ich plötzlich Tantes Abwesenheit: unbemerkt hat sie mich verlassen. Ich wollte gerade etwas zu ihr sagen; ich springe auf, um der Flüchtigen in die Halle zu folgen. Die brennende Petroleumlampe steht auf einem Tischchen. Die Tür des Studierzimmers ist hinter mir zugefallen, und ich finde mich in Grabesdunkel wieder, denn das Lampenlicht erscheint mir wie geträumt. Ich habe das Gefühl, meine ganze Vergangenheit in diesem Haus zu verlieren, das für lebendige Menschen unbewohnbar wird. Es ist kalt. Das Ohr an die Wand gedrückt, horche ich weiter nach jemandem, der daraus zum Vorschein kommen muß.

Endlich vernehme ich Tantes sich nähernde Stimme. Was für einen sonderbaren Klang hat sie bekommen, und wieder ahmt sie mehrere, einander antwortende Personen nach: flehende, ironisch geißelnde, klagende und jammernde Schreie erklingen in der Halle. Sie trägt ein herabbaumelndes Strickzeug in der Hand. Die Nadeln funkeln wie grimmige Waffen; ein langer Faden schleift hinter ihr her über den Boden. Mit matter Erhabenheit, die Arme am Körper herabhängend, schreitet sie grübelnd auf die Lampe zu und schaut in den Spiegel-mit-Flecken. Sie schweigt; sie seufzt nicht einmal. Doch plötzlich bricht sie in wildes Schluchzen aus. Nach einer Weile setzt sie das stammelnde Gerede fort, mit geschlossenen Augen und erhobenen Händen wie eine glückselig leidende Märtyrerin.

Langsam entfernt sie sich, den Faden wie ein Symbol schweren Unheils hinter sich herziehend. Danach höre ich, wie in der Ferne ihr Sprechen in leise jubelndes Singen übergeht.

Heute abend brennt eine Petroleumlampe aus Porzellan auf dem Tisch. Großmutter ist gleichsam aus der Ehrwürdigkeit ihres Lehnsessels auferstanden; wir sitzen gespannt da und warten auf ein beinahe festliches Ereignis. Tante Henriette hat ein Blatt Papier an die Wand geheftet und zieht mit einem vorsichtig in ostindische Tinte getauchten Pinsel die feine Umrißlinie von Großmutters Schattenbild nach, das mit unverkennbarer Ähnlichkeit auf das glänzende Blatt fällt. Wir schauen andächtig zu, und sogar Martina ist aus ihrer Küche gekommen. Niemand getraut sich ein Wort zu sagen, aus Furcht, Tante Henriettes Hand könnte ausrutschen. Mit einem spitzen, leckenden Pinselchen füllt sie die Konturen des Bildes aus, das einer unnachgiebigen Sybille gleicht. Der Abend geht still damit vorüber. Ich muß eine schwere, lange Lektion auswendig lernen, und wenn ich auch einmal auf die Zeichnung schauen will, werde ich streng ermahnt von Tante Theodora, die mich keinen Moment aus den Augen läßt.

Als das Porträt fertig ist, können wir die hauchzarten Spitzen an Großmutters Halskrause erkennen, auch die eckig geschliffenen Knöpfe an ihrem Kleid sind sorgfältig wiedergegeben.

Der Trick ist einfach, und ich bin unvorsichtig genug, meine Meinung laut zu äußern. Der andächtige Kreis weicht auseinander, als hätte ich mit einem Zauberschlüssel ein mächtiges Schloß aufgebrochen. Man flüstert mir ins Ohr, »ich hätte es an Ehrerbietung fehlen lassen, denn gewiß hätte ich Großmutter durch meine Bemerkung tief gekränkt«. Doch im schwärzesten Winkel meines Gewissens triumphiert die ehrliche Überzeugung: ich habe recht und nochmals recht. Dennoch steigen mir dicke, schwere Tränen in die Augen, so daß mein Gesichtsfeld vernebelt ist; ich sehe nun graue Gestalten mit gebrochenen Konturen an mir vorbeiziehen. Der Sinn des Geredes ist mir entgangen. In diesen wenigen Augenblikken haben die Anwesenden die Plätze gewechselt.

Vor dem sorgfältig auf einer grünen Mappe entfalteten Briefpapier sitze ich mit gesenktem Kopf, den elfenbeinernen, unhandlichen Federhalter in der Hand. Wenn ich zu blinzeln wagte, würden meine Tränen hervorstürzen; schwer und locker zittern und brennen sie in den Augenwinkeln; ich habe keinerlei Kontrolle mehr über sie. Also muß ich warten, bis sie von selber trocknen, wenn ich mich keiner Demütigung aussetzen will, indem ich meine Schwäche öffentlich zeige.

Nun glaube ich kein Wort mehr von dem, was ich von meiner Kladde abschreibe; ich möchte andere, verletzende, gräßliche Wörter gebrauchen, Schreie von einer, ich weiß nicht welcher, schneidenden, bitteren Kraft, um mich von dem unerträglichen Gefühl der Unterdrückung zu befreien. Schlampig und lustlos schreibe ich weiter, zuerst außerordentlich langsam und schließlich furchtbar schnell, so daß meine Buchstaben kaum den Namen Buchstaben verdienen; am Ende jeder Zeile kritzle ich die immer enger zusammengedrängten Wörter in einem absteigenden Bogen hin, während ich am Anfang übertrieben große und breite Buchstaben mache.

Großmutter ist in ihr Schlafzimmer gegangen, meine Mutter und Tante Henriette haben uns verlassen, so daß ich allein mit Tante Theodora zurückbleibe. Während ich an meinem Brief herummurkse, zieht sie die Pendeluhr auf. Das Feuer im Kamin erlischt. Der Wind heult nicht mehr im

Schornstein. Es ist kalt und still im Haus. Es muß schon spät sein, und es scheint, als sei dies an den Wänden zu spüren.

Als ich endlich im Bett liege, schlafe ich rasch ein.

Genauso leicht fahre ich aus dem Schlaf hoch; doch ich lasse die Augen geschlossen; ich wage nicht nachzusehen, wer in meinem Zimmer herumschleicht. Am Fußende werden die Decken angehoben, und jemand wickelt meine kalten Füße in etwas, das sich wie Pelz anfühlt. Steif und reglos bleibe ich liegen. Meine Muskeln sind aufs äußerste gespannt. Alsbald bilde ich mir ein, daß meine Füße unter einem unverrückbaren Felsblock festgeklemmt sind, unter dem ich sie nie wieder hervorziehen kann.

Als ich vorsichtig, mit einem halbgeöffneten Auge, wie man es bei einem heftigen Blitzschlag tut, nachzusehen wage, ist nichts zu erkennen; die Decken liegen warm und schwer über mich gebreitet, und die Tür ist unerbittlich geschlossen.

Während wir der Messe in der Dorfkirche beiwohnen, ist der Kutscher unterwegs, um Tante Zénobie und ihr Töchterchen Hermine irgendwo an einer abgelegenen Bahnlinie abzuholen. In der Kirche sitze ich neben Tante Henriette. Ihre Lippen murmeln keine Gebete, und die Leute könnten glauben, daß sie schläft. Doch zuweilen, wenn der Wind an den Fenstern entlang braust und es sich anhört, als würde eine Handvoll Kieselsteinchen gegen die Scheiben geworfen, dann sehe ich, wie sie einen scheuen Blick um sich wirft. Unversehens mache ich eine wichtige Entdeckung: ihre Augen baden in glitzernden Tränen; wenn sie die Lider senkt, hat sie gerade noch Zeit, ihr Gesicht hinter dem aufgeschlagenen Gebetbuch zu verbergen. Tante kniet hölzern auf ihrem Betstuhl, in angestrengter, kerzengerader Haltung, die nicht vermuten läßt, welche quälenden Gedankengänge ihr Gemüt verdüstern.

Nach dem Gottesdienst müssen wir eine gute Strecke zu Fuß zurücklegen, um das Landgut zu erreichen. In dieser halben Stunde ist ein überraschend starker Wind aufgekommen, gegen den wir uns nur mit Mühe aufrecht halten können. Vor allem dort, wo seitlich der Schloßallee, zwischen zwei Tannenwäldchen, offener Acker liegt, haben wir schwer zu kämpfen; wir stemmen uns buchstäblich gegen die Windstöße. Während einer plötzlich eingetretenen Windstille verlieren wir das Gleichgewicht und stolpern unglücklich weiter. In den Baumkronen ächzt das stürmische Toben; manchmal ist der Lärm um uns so groß, daß wir einander kaum hören, wenn wir etwas sagen. Die Laute werden uns von den Lippen gefegt, und Tante gibt mir durch eine Geste zu verstehen, daß es ihr den Atem verschlagen hat. Danach gibt sie mir wieder ein Zeichen. So schnell wie möglich suchen wir hinter einer dicken Eiche Schutz vor dem grimmigen Novembersturm.

Ich setze keinen Fuß mehr vor den anderen, ohne daß Tante mir einen Wink dazu gibt. Ich schleppe den Regenschirm und die Gebetbücher. Zwischen zwei Windstößen versucht Tante von einem Baum zum nächsten zu flüchten. Sie zittert vor ohnmächtiger Wut; die aufregende Kraftverschwendung ist nicht auszuhalten, und wir bleiben länger als nötig hinter jeden Baumstamm geduckt.

Plötzlich ist ein wildes Drehen um uns herum; wir stehen mitten in einem großen, wirbelnden Kreisel aus Staub, taumelnden Ästen und abgefallenen Blättern gefangen; mein Regenschirm öffnet sich mit einem Ruck und wird ein Stück mitgerissen. Ohne zu überlegen, renne ich ihm nach. Ich pralle gegen den Wind; dann werde ich nach rechts weggedrückt, und einen Augenblick lang habe ich das Gefühl, als verlöre ich das Gleichgewicht auf einem sich wild drehenden Rad. Notgedrungen ändere ich die Richtung; im selben Moment fühle ich mich in eine Leere geschleudert, in der meine Füße keinen Boden unter sich finden.

Ein Donnern und Prasseln, als würden mit Messern und Tellern beladene Tische hin und her gerückt, erfüllt die Luft. Ein Stoß läßt die Erde erzittern. Hilflos werde ich am Rand eines Wassergrabens niedergeschmettert; in den ersten Augenblicken sehe ich nichts als eine wirbelnde Staubwolke, die über mich hinwegrast. Mit fürchterlichem Krachen wird ein Baum entwurzelt, und die Äste anderer Bäume mit sich reißend, fällt er quer über die Wagenspuren in der Allee.

»Tante Henriette!« schreie ich wie ein Besessener: »Tante Henriette!«

Ich bekomme keine Antwort. Ich finde sie an eine Eiche gelehnt, ihr Pelzmantel ist von herumfliegenden Erdklumpen besudelt. Sie ist wunderbar ruhig geworden. Aus ihrem Mund rinnt ein dünner Faden Blut, und sie lächelt mich sanft und gelassen an.

Eine Weile bleiben wir in wortloser Umarmung stehen. Dann bricht der Regen los, und eine wahre Sintflut stürzt auf uns nieder; der Wind hat seine rasende Gewalt verloren, und wir harren erschöpft, ohne uns um irgend etwas zu kümmern, im strömenden Regen aus. In meinem Nacken tasten Tantes behandschuhte Finger, naß, kalt und wie unwirklich.

»Elias«, flüstert sie an meiner Stirn, »*jetzt* haben wir Zeit genug.«

Durchs Fenster kann man den entwurzelten Baum in der Ferne liegen sehen. Großmutter und Tante Theodora halten geduldig Ausschau nach einem Lebenszeichen, als der hinkende Schimmel in der Ferne vor dem Hindernis zum Stehen kommt. Doch sicher und trocken bleibt Tante Zénobie im Fahrzeug und wartet das Ende des Regengusses ab. Der Kutscher ist vom Bock gesprungen und schlendert um die Kutsche herum; er hat dem Pferd eine Decke über den Rücken geworfen, der Aufenthalt macht ihm offenbar nichts aus. Auf der Terrasse liegen die Scherben zerbrochener Dachziegel; seit der Sturm nachgelassen hat, ist es so still geworden, daß unsere Kleider, gleichsam von Stille durchtränkt, auf dem mit allen Poren lauschenden Körper lasten.

Endlich sehen wir Tante Zénobie und Hermine aussteigen und die Richtung zum Landhaus einschlagen, während die Kutsche wendet, um Tantes Reisegepäck auf einem Umweg ins Schloß zu befördern.

Als sie mit Hermine durch den Dienstboteneingang hereinkommt, wird Tante Zénobie von den Tanten und von Mama sofort in ein erregtes Gespräch verwickelt. Ohne sich um die anderen zu kümmern, stürzt Hermine rufend ins Haus. Rasch habe ich mich im Salon versteckt, wo ein dünner Lichtfaden durch den Spalt zwischen den Fensterläden hereinsickert.

»Elias, Ee-lie-as«, ruft Hermine.

Es gibt so viele Türen, Ecken und Nischen, eingebaute Schränke und sonstige Schlupfwinkel im Landhaus, wo ein Heimlichtuer sich verstecken kann; ich höre sie suchend hin und her traben, bevor sie in den Salon hereinstürmt. Reglos sitze ich auf dem Sofa, die Augen geschlossen, die Arme vor der Brust verschränkt, um mein Herzklopfen zu unterdrükken. Hermine zappelt vor Aufregung. In ihrem gestärkten, rauschenden Kleidchen kommt sie ganz nah zu mir heran. Ihre kalten Finger spielen auf meiner glühenden Stirn, es kitzelt angenehm. Sie hebt meine Arme hoch, die ich wie eine Gliederpuppe wieder fallen lasse. Unerwartet lispeln ihre feuchten Lippen an meiner Ohrmuschel; sie schüttelt mich kräftig; sie zwickt mich brennend und fest in die Wange; sie gibt mir in unwiderstehlichem Triumph eine schallende, heiße Ohrfeige.

Reglos bleibe ich sitzen. Dann beginnt sie mit harten Fingern meine Lider hochzudrücken. Schließlich zieht sie mich vom Sofa hoch; stolpernd schleift sie mich über den Boden und läßt mich dort hilflos ausgestreckt liegen. Aus meiner Brusttasche ist ein Bleistiftstumpf gefallen. Mit katzenhafter Geschwindigkeit hat sie ihn aufgehoben und zeichnet mit grimmigen Strichen, in denen ihr leidenschaftliches Ungestüm zu spüren ist, zwei keck nach oben gezwirbelte Schnurrbartspitzen auf meine vor Schmerz zuckende Oberlippe.

Nachmittags schleiche ich mit Hermine in den Salon. Sie hat das Petroleumlämpchen aus der Halle mitgenommen, so daß wir gemütlich beisammensitzen und ungestört plaudern können. Es ist kalt und klamm in dem großen, rechteckigen Raum, und manchmal fährt ein Schauder durch unsere Körper, und unsere Worte verschwimmen in unbezwingbarem Gähnen.

Unter dem Tisch sitzen wir dicht nebeneinander. Während wir behaglich vor uns hinträumen, beginnt Hermine –

ich weiß nicht warum – meine Schuhe aufzuschnüren, zieht sie mir aus und schleudert sie aufs Geratewohl fort. Im nächsten Augenblick tanzt Hermine auf Strümpfen herum. Und als ich unter dem Tisch hervorkrieche, fühle ich selber, wie herrlich es ist, auf Strümpfen in dem Salon herumzulaufen, wo die Möbel ihren Winterschlaf halten.

Ich habe Hermine von Tante Henriette erzählt, wie sie tagelang, ganze Szenen aus Maria Stuart deklamierend, wie eine Schlafwandlerin im Hause herumirrte. Beim Erzählen ertappe ich mich dabei, daß ich meine Geschichte mit romantischen Einzelheiten ausschmücke, wodurch ich Hermine aus einem Staunen ins andere versetze.

Meine rechte Hand liegt in der ihren; in ihrer Linken das brennende Petroleumlämpchen, zieht mich Hermine zu einer antiken Kommode. Unter der Pendeluhr holt sie einen kleinen Schlüssel hervor, steckt ihn, fahrig vor Ungeduld, in das ausgeleierte Schloß, zieht die Schublade auf – und herrlich öffnet sich vor uns das Unbekannte. Eigentlich verstehe ich nicht, was meine Augen erblicken: in der Lade ruht auf einem prächtigen, mit Perlen verzierten kleinen Kissen eine flache Dose aus Schildpatt inmitten eines verwelkten Blumenkränzchens.

Hermine öffnet die Dose. Drei Briefe liegen darin aufbewahrt; auf der Innenseite, im silberumrandeten Deckel, befindet sich das verblaßte Porträt eines jungen Mannes mit einem Zylinderhut in der Hand. Meine Cousine drückt die Briefe an ihre kleine Stupsnase und schnuppert gierig den muffigen Geruch. Gemeinsam schieben wir die Lade wieder zu. Das Lämpchen ist umgefallen und erloschen; nun müssen wir unsere Schuhe in völliger Dunkelheit suchen. Und während wir damit beschäftigt sind, flüstert mir Hermine das wunderschöne Geheimnis ins Ohr, dessen Bedeutung ich erst Jahre später verstehe: sie wisse, an welchem Tag des Jahres um die Schildpattdose ein frischer Blumenkranz gelegt wird.

IV

Aloysius bringt uns die Hiobsbotschaft, daß er im Examen durchgefallen ist. Er spielt den Gleichgültigen und setzt die Füße mit herausfordernder Langsamkeit auf die Stufen der Freitreppe. Seine Mütze hat er in der Kutsche liegenlassen, sein offener Mantel flattert im Wind; es ist, als käme er unverrichteter Dinge von einer Felseninsel heim.

Sofort wird er von Tante Theodora verhört. Zusammen verschwinden sie im Studierzimmer, wo ihm das Mittagessen serviert wird wie einem Gefangenen.

Aloysius lernt schwer; ich habe beobachtet, wie er auf- und abgehend seine Lektion herunterleierte; er zeigt kein Interesse an den feinen, schönen Dingen; er zeichnet nicht, liest und singt nicht. Er ist ein Entdecker herrlicher Stellen in der Natur, an die er mich führt wie ein zur Besinnung gekommener Wilder, mit einem Ernst, der einer Anbetung gleichkommt. Er würde am liebsten eigenhändig, sogleich und für sich allein, ein Haus mitten in den Wäldern bauen und der ganzen Welt Lebewohl sagen. Doch es sind nicht die Vögel, nicht die bizarren Rippen eines Blattes, die üppigen Farne, die kleinen Käfer am Boden und auch nicht die Farben und Wolken am Himmel, die ihn fesseln und bezaubern. Er sucht die vollkommene Abgeschiedenheit, und immer wenn er davon spricht, bemerke ich an ihm eine gärende Unruhe, der gegenüber meine eigene Unrast fast behaglich anmutet.

Unbemerkt horche ich schon seit einer Weile an der Tür des Studierzimmers; durch das zugige Schlüsselloch ist kein Laut seiner Anwesenheit zu hören. Zuerst will ich ihn mit leisem Pfeifen Willkommen heißen; doch rechtzeitig schießt mir der Gedanke durch den Kopf: wenn Tante jetzt bei ihm sitzt, wird sie ihn sicherlich für meine Kühnheit büßen lassen. Also muß ich mich geduldig im Hintergrund halten, bis es Abend wird und wir einander im Schlafzimmer wiederfinden.

Ich erwarte viel von unserer Begegnung, und es braucht kaum gesagt zu werden, aus welchem Grund. Über drei Monate war Aloysius fort: er wird eine Menge Neuigkeiten über das Internat zu berichten haben, von dem er so bittere, schwermütige Geschichten erzählen kann. Zerstreut spiele ich mit meinen Briefmarken herum. Im Wohnzimmer herrscht schützende Wärme, die gleichgültig alles ausschließt, was nicht innerhalb dieser Wände atmet und lebt. Bis zum Schlafengehen bleibt Aloysius im ungeheizten Studierzimmer eingesperrt. Als die Abendlampe angezündet wird, setzt sich Tante Theodora neben mich an den Tisch; ich gähne, um ihr zu verstehen zu geben, daß ich sehr müde bin und mich nach dem Bett sehne. Doch Tante lächelt spöttisch, weil ich meine Absicht lächerlicherweise durchblicken lasse, was sie mit Schadenfreude erfüllt.

Heute morgen hat sie zwei Hutschachteln vom Dachboden geholt; mit scheinheiliger Gemächlichkeit fängt sie an, den Weihnachtsbaumschmuck aus buntbeschichtetem Glas auszupacken. Vielleicht ist ihr Staunen über all die zauberhaften Dinge geheuchelt, und sie findet aus reiner Habgier Vergnügen an dieser albernen, kindischen Beschäftigung. Darum kann ich der Lust nicht widerstehen, ihr mit einem genauso boshaften Lächeln zu antworten, wenn sie mich mit verstohlenem Argwohn beobachtet. Die glitzernde Spitze wird vorsichtig aus dem rosa Papier gewickelt, in dem Apfelsinen verpackt gewesen sind. Ein ständiges Geraschel ist um ihre Hände, als spielten sie nachlässig in vertrocknetem Herbstlaub. Als jedes Stück geprüft ist, wird es wieder in das goldbedruckte Papier gerollt, und eines nach dem andern verschwinden die Teile des Weihnachtsschmucks in den geräumigen Hutschachteln, in denen es sich selig schlafen und träumen lassen muß.

Vom Kirchturm, in der Ferne, höre ich die Stunden mit harten Schlägen zählen. Wir leben in diesem Zimmer so abgeschieden von der Welt, so stolz und abweisend. Hermine ist eingeschlafen; ihr Röckchen ist hochgerutscht, und in der dunklen Zimmerecke schimmern ihre nackten Beine, die jetzt unglaublich lang erscheinen.

Als ich nach oben komme, liegt Aloysius unter den Decken vergraben. Eigentlich hatte ich gehofft, ihn wach, mit einem Freudenruf auf den Lippen vorzufinden. Ein wenig verloren wegen des gleichgültigen Empfangs trödle ich in der beißenden Schlafzimmerkälte herum; wie ein Verurteilter ziehe ich mich aus, ohne Gefühl in Armen und Beinen, ohne zu wissen, was ich gerade tue.

Mit einem Ruck hat Aloysius sich zu mir umgedreht. Gerade habe ich die Kerze ausgeblasen. Gleich darauf vernehme ich seine Stimme, und ich spüre, wie ein Schauder mir durch die Glieder fährt.

»Elias«, sagt er leise, »Elias, ich habe einen Brief von dir aufbewahrt. Ich trage ihn unter dem Schlafanzug; aber seinen Inhalt kenne ich auswendig.«

Trotzig gebe ich ihm Antwort: schon so viele Briefe hätte ich geschrieben, der eine sei nicht wichtiger als der andere. Tief verstimmt über sein Verhalten, ohne ihn wirklich kränken zu wollen, weise ich ihn mit scharfen Worten zurück.

»Hör mal zu«, sagt er nach einer Weile. »Bist du noch oft allein am Bach gewesen? Gut. Wir sind zusammen vielhundertmal dorthin gegangen. Aber du hättest meinen Namen nicht auf die Schiffchen schreiben dürfen, als ich gar nicht da war; das haben wir früher nie getan.«

Ungeduldig erwidere ich: ich hätte dasselbe Recht wie er, Schiffchen fahren zu lassen. »Ich habe sie immer für dich gemacht«, füge ich hinzu, »damit sie fest und lange halten, habe ich mein bestes Schreibpapier dafür verschwendet; und was ich für Ausreden erfinden mußte, wenn in meinem Heft Seiten fehlten.«

Nach längerem Schweigen spiele ich ein vermeintlich schlagendes Argument gegen ihn aus.

»Vor allen Leuten habe ich unser Geheimnis treu bewahrt, weil du aus der ganzen Geschichte ein Geheimnis machen wolltest.«

»Das Geheimnis ist mir egal«, gibt er mir zu verstehen. »Von hier aus kann ich kein Lebenszeichen geben, wenn ich gar nicht da bin; darum geht es«, sinniert er betrübt.

Wie ein plötzlicher Stoß trifft mich das ganze Maß meines Schuldbewußtseins. Was er jedoch nicht zu ahnen scheint:

früher habe ich mehr als einmal für mich allein Schiffchen auf dem Wasser fahren lassen, mit einer Sorgfalt und andächtigen Fingerfertigkeit, über die ich nichts Klares sagen kann. Jedesmal geschah es gleichsam ohne mein Zutun; ich ließ das Schiffchen los, es wurde von meiner eigenen Unruhe abgeschnitten, es gehörte sofort einer fremden Macht, die es in eine düstere, ungewisse Zukunft entführte. Ich hielt mich an einem schief abgesackten Weidenbaum fest und schaute in dieser unbequemen Haltung lange dem Boot nach, von einer unbestimmten Sehnsucht erfüllt, die mich traurig stimmte.

Aloysius bleibt still liegen; er ist mir nicht böse. Doch er hat sehr doppelsinnige Worte gesagt, die ich mit aller Verstandesschärfe zu entschlüsseln versuche. *Wem* habe ich ein Zeichen von ihm geschickt, als er nicht hier war? Wartet immerzu jemand auf ihn an den Windungen des Wassers; hat er eine Abmachung mit einem im Verborgenen lebenden Wesen? Mit den Mädchen? Und der Reigentanz um das Feuer? Wie lange ist das alles schon her! Ich stehe im Begriff, den Kontakt zu ihm zu verlieren *oder* in seine geheimsten Gedanken einzudringen.

»Warum soll ich dir nicht weiter so helfen, wie ich es früher getan habe?« murmele ich ausweichend, um Aloysius zum Weitersprechen zu bewegen.

Jetzt weigert er sich, etwas von seiner persönlichen Würde preiszugeben. Er schweigt. Schwer und undurchdringlich wie die Nacht verteidigt er sich. Er wird nicht schlafen können.

Am Morgen ist das Landgut eingeschneit. Schon früh ist Aloysius aus den Federn; an seiner Stelle würde ich liegenbleiben, bis Tante Theodora mich mit Gewalt aus dem Bett holt; je früher er unten ist, desto länger wird er im Studierzimmer eingesperrt. Sicherlich liegt dort schon ein Stapel Packpapier bereit, von jener groben Sorte, die nach Kaffee und anderen Kolonialwaren riecht. Denn um Strafarbeiten zu schreiben, ist das schlechteste Papier gerade gut genug; es wäre wahrlich eine Sünde, schöne Heftseiten dafür zu vergeuden. Aloysius sagt sich offenbar: »ein Tag hat so und so viele Stunden; ich schreibe und kann dabei meine Gedanken beliebig schweifen lassen; soll doch jemand versuchen, mich daran zu hindern.« Er beherrscht sich vollkommen, wie es sich für einen jungen Mann seines Formats geziemt; er wird nicht unvermutet aufsässig wie ich. Er nimmt einen harten Schlag ins Gesicht hin, ohne zurückzuzucken oder sich mit dem Arm zu schützen; so reizt er die unbarmherzige, hinterhältig gelassene Tante Theodora, einfach indem er vor der Zimmertür auf sie wartet. Wenn sie erscheint, sagt er ungerührt: »ich bin bereit.« Innerlich lacht er grimmig: »friß mich doch auf, wenn du dich traust.« Hart und unbeugsam, ist er die verkörperte Aufsässigkeit.

Seit das Geheimnis unseres Abenteuers mit den Schiffchen belanglos geworden ist, schlägt meine Phantasie Purzelbäume. Tatsächlich hat Aloysius' Lerneifer in letzter Zeit stark nachgelassen, und wie dies so unerwartet geschehen konnte, obwohl er früher ganz gut vorankam, ist mir ein Rätsel. In meinem Hirn tauchen allerlei Gedankenverbindungen auf, und meine angeborene Neugier ist gereizt; auch weil das Ganze anscheinend etwas mit dem Schiffchenspiel zu tun hat, für das er mir nie eine Erklärung gegeben hat.

Zum Glück ist Hermine ebenfalls auf dem Landgut, sonst stünden mir eintönige Ferien bevor. Sie findet es herrlich, nun da ihr Bruder eingesperrt ist, mit mir allein zu sein. Wir ziehen uns warm an und machen uns auf den Weg zur Scheune.

Auf ihren dicken Zöpfen bleibt der Schnee liegen, wie Zucker auf Gebäck; sie hat das Gesicht dem grauen Winterhimmel zugewandt, um die Flocken mit ihrem offenen, wartenden Mund aufzufangen. Der Himmel ist voll von wimmelndem, grauem Leben. Wir gehen langsam unter den schlafenden, winterstillen Bäumen dahin. Solange wir in der Allee bleiben, kann Aloysius uns sehen; vielleicht will er uns gar nicht nachschauen und sitzt bereits über seine Strafarbeit gebeugt. Ich drehe mich um, und rückwärtsgehend pfeife ich, so laut ich kann. Ich warte darauf, daß sein Gesicht am Fenster auftaucht. Eine Weile bleibe ich stehen. Hermine ruft aus dem Birkenwäldchen nach mir. Kein Lebenszeichen ist hinter den Fensterscheiben zu erkennen. Da laufe ich schnell weiter und verschwinde auf einem schmalen, gewundenen Pfad im Unterholz.

Durch ein hinteres Tor betreten wir das Gebäude. Niemand ist in der Nähe; die Außenmauern sind mit feinem, moosartigem Schimmelflaum überzogen, und an der Vorderseite entlang führt ein Feldweg mit Wagenspuren zum Dorf. Hier ist abgefallenes Laub zu einem Haufen aufgeschüttet; eine Tonne mit gefrorenem Wasser steht da; der Wald ist ausgestorben.

Der trockene Geruch von Stroh, von vollen Korn- und Kartoffelsäcken hängt in der Scheune. Wir klettern eine Leiter hinauf zum Zwischenboden. Schwere, unhandliche Gegenstände, gegen die wir stoßen, das Geraschel von Licht im undichten Reetdach und das Geräusch unserer Schritte vertiefen den Ernst dieses Forschungsunternehmens.

Hermine hat einen Stock gefunden; heftig schlägt sie auf die raschelnden Strohbündel. Ausgelassen tobt sie dermaßen herum, daß ich Angst vor ihr bekomme und mich nicht in ihre Nähe traue. Mit hoher, gellender Stimme ruft sie mich zu sich, während es weiterhin Stockschläge regnet: »Elias, lieber Elias.« In einem gegebenen Augenblick prallt sie gegen einen aufgehenden Fensterladen und taumelt hinaus. Schnee wirbelt herein. Ich wage nicht nachzuschauen, wohin sie gefallen ist, denn ihr kann das Schlimmste passiert sein. Vor Entsetzen bleibt mir der Schrei in der Kehle stecken; ich glaube vor Angst ersticken zu müssen. Aber bald taucht sie wieder neben mir auf, den Mantel voller Pulverschnee; lachend und wie sturzbetrunken torkelt sie an mir vorbei. Und bevor ich sie zurückhalten kann, ist sie abermals durchs Fenster hinausgesprungen.

Hermine scheint nicht zu dulden, daß ich ihre Einfälle verstehe; widerstandslos soll ich mich ihrer Phantasie unterwerfen. Vielleicht rächt sie an mir ihre eigene verdrossene Unzufriedenheit, um mich heimtückisch verzaubern zu können; während sie mich liebkost, will sie mir nach Belieben weh tun können, um mich dann, während sie mich peinigt, mit einer sonderbaren, halluzinativen Zärtlichkeit zu überwältigen.

Vor Angst außer mir, springe ich, als Hermine zum dritten Mal heraufkommt, auf sie zu und halte sie fest, um ihrer törichten Waghalsigkeit ein Ende zu setzen. Sie ist fast genauso stark wie ich, eine Weile taumeln wir auf der Kante der Fensterbank hin und her; bis wir beide das Gleichgewicht verlieren und, einander umklammernd, zusammen hinunterstürzen. Während des Fallens traue ich mich nicht hinzuschauen; fest umschlungen legen wir eine Entfernung von tausend Stunden zurück. Endlich landen wir auf einem raschelnden, federnden Blätterhaufen und spüren, als wir hinuntergerollt sind, wie hart der Boden ist. Da erst riskiere ich einen Blick in die Runde; mit einem Ruck reiße ich mich aus Hermines Armen los und renne befreit zwischen den winterkahlen Bäumen davon.

Hermines schmeichelnde Stimme ruft mir noch immer das gleiche quälend-alberne: »Elias, lieber Elias« nach. Mehr und mehr entferne ich mich von der außergewöhnlichen Lage, und in der Strenge der verschneiten Landschaft siegt allmählich die Besonnenheit über die Phantasie.

Zuhause begegne ich Aloysius im Korridor. Unwillkürlich bleiben wir vor demselben Fenster stehen und schauen hinaus. Seine Finger sind mit Tinte verschmiert; ich wage es nicht, länger als ein paar Sekunden hinzusehen. Seine Bluse riecht anders als die meine; seine vor der Brust verschränkten Arme ruhen auf der Fensterbank.

Schließlich sagt er einfach: »Ich gehe mir die Hände waschen.« Ich folge ihm in die Abwaschküche. Er nimmt einen Klumpen Seife zwischen die Finger und pumpt Wasser. Dann übernehme ich den Pumpschwengel und pumpe unaufhörlich, überflüssig Wasser. Als er das Handtuch schon genommen hat, erwische ich noch einen Zipfel und reiche es ihm hin. Er öffnet die Tür, um wegzugehen; zu spät greife ich, dumm und ungeschickt, nach der Türklinke. Er rennt die

Treppe hinauf in unser Schlafzimmer. Ich bleibe unten auf der Matte und starre ihm nach. Jetzt höre ich nur noch aus der Küche das Fleisch in der Pfanne zischen. Noch eine Weile warte ich auf Aloysius. Er kommt nicht zurück.

Onkel Augustin hat schon schwer an seinem Christbaum gearbeitet. Aus der Stadt hat er Kerzen und Überraschungen mitgebracht; er hat einen eigenen Christbaum, denn er hat auch eine eigene Art, den Baum zu schmücken, mit der Tante Theodora nicht einverstanden ist. »Sein« Baum erfreut sich des größten Beifalls. Ist Tantes Baum eigentlich der offizielle Weihnachtsbaum, in einen silbernen Schleier aus Engelshaar gehüllt – Onkel Augustin hat bei seinem Baum an lustige Überraschungen gedacht, an Zuckerwerk und drolligen Kleinkram. Steht Tantes Baum schon seit drei Tagen in voller Pracht: Onkel Augustin fängt jedes Jahr erst eine Stunde vor dem Fest mit dem Schmücken an. Er meint, ein Christbaum dürfe nicht länger als einen Abend stehen, sonst sei das Zauberhafte an ihm dahin. Kaum sind die schlanken Kerzen abgebrannt, die Geschenke abgepflückt, als ihn der ganze festliche Kram überhaupt nicht mehr interessiert.

Onkel Augustin steht auf einem Stuhl, sein schnurrbärtiges Gesicht dicht an den stacheligen Ästen, denn er ist ein bißchen kurzsichtig. Sein Gesicht ist ziegelrot, von purpurnen Adern durchzogen und trocken, wie mit einer matten Puderschicht bestäubt; das Haar klebt dünn und glatt, wie gemalt, an seinem Schädel. Seine trägen Hände sind mir unvergeßlich, gewaltig und unsympathisch, mit einem langen Nagel am kleinen Finger. Die Hände, mit ihrer dicken, zähen Haut und den verkalkten Aderschnüren, erinnern mich immer an geschmolzenes Ochsenfett. Ich kenne Onkel Augustin nur flüchtig; vielleicht habe ich mir, beeinflußt vom Geschrei und dem vielen anderen sentimentalen Getue über sein Verhalten gegenüber Tante Zénobie, ein falsches Bild von ihm gemacht. Eine Mischung aus Schweiß- und Tabakgeruch umgibt ihn; sein ganzes Wesen ist von lockerer, derber Ehrlichkeit geprägt. Als ich neben ihm stehe und ihm die Kerzen zureichen darf, wundere ich mich, wie einfach und freundlich er ab und zu das Wort an mich richtet. Ich bedauere es nicht, daß ich den ganzen Morgen mit ihm verbracht habe. Abends beim Festmahl sitzt Tante Henriette nicht mit uns am Tisch; Tante ist krank; schon morgens konnte sie nicht zur Messe gehen. Sie ist unnahbar wie Feuer.

Das Festmahl an sich interessiert mich wenig; ich mag keine gebratene Gans und andere außergewöhnliche Gerichte; nur der Pudding ist großartig. Als der Hausdiener und der Gärtner die Riesenschüssel auf einem mit Kränzen geschmückten Traggestell hereinbringen, springen wir auf und singen ein fröhliches Lied. Der Pudding ist ein wahres Monument, hoch und breit, mit Zuckerrosen, Pilzen aus Marzipan und kandierten Früchten verziert, und mit einem Spitzenschleier aus Schlagsahne überzogen. Es ist ein unförmiges Gebilde aufgetürmter Leckerbissen, ein kunstvolles Werk, zu dessen Herstellung eigens ein erfahrener Konditor auf das Landgut gekommen ist. An allen Seiten stecken Fähnchen, auf die Tante Henriette Zeichnungen gekritzelt hat; es ist fast eine Sünde, das Prachtexemplar mit der Tortenschaufel zu bearbeiten und das Meisterwerk zu zerstören. Bevor es soweit ist, gehen wir, unsere Servietten schwenkend, singend im Kreis herum. Nur Großmutter ist sitzengeblieben. Sie nickt uns freundlich zu, wie eine alte Märchenprinzessin mit ihrem verträumt-rosigen Gesicht über dem schwarzen Satinkleid. Leopold, Albertus und Hermine hüpfen hintereinander her. Mein Platz ist zwischen Casimir und Oscar. Je länger wir im Kreis laufen, desto kräftiger stampfen die Füße, desto lauter schallt unser Gesang. Und unversehens geht Onkel Augustin-der-Riese auf Großmutter zu; wie eine Feder hebt er sie mitsamt dem Sessel in die Mitte des Zimmers. Jetzt sitzt sie, herrlich gefeiert, mitten in unserem Reigentanz und wiegt sich im zarten Spitzenumhang bis zu den Ellenbogen im Takt. Ihr silbern glänzendes Haar teilt sich über der Stirn wie in zwei kleine Gardinen.

Onkel Paul hält noch eine lustige Rede, ein paar umgetanzte Stühle werden wieder aufgestellt; dann scharen wir uns um den Pudding. Es gibt Gefräßige, die sich im Stehen eine Portion nach der anderen auf den Teller laden. Onkel Augustin teilt Nummern aus; man bindet mir ein Tuch um die Augen, und wenn Onkel auf einen Preis zeigt, muß ich eine Zahl sagen. Das Auspacken macht großen Spaß; wenn der Preis der Erwartung nicht entspricht, gibt es Rufe und Gelächter, und es tut mir leid, daß ich das fröhliche Treiben nicht sehen kann. Endlich bekomme auch ich mein Geschenk; ein eckiges Päckchen wird mir in die Hände gelegt; das Tuch fällt von meinen Augen. Aus zehn, zwanzig Zeitungsseiten muß ich meinen Preis auswickeln; es ist eine Verpackung mit Hindernissen, ein buntes Gewirr aus Schnüren, Siegellack und Kupferdraht. Und plötzlich das Wunder: ein aufgespießter, in allen Regenbogenfarben schillernder Schmetterling in einem gläsernen Behälter.

Jetzt hat der Weihnachtsbaum alle seine Gaben verschenkt, die Kerzen sind abgebrannt, und übrig bleibt nur noch ein ungeschmücktes, kahles Tannenbäumchen. Noch herrscht fröhlicher Trubel, bis Tante Henriette Einzug hält. Sie hat immer so unerklärliche, erfinderische Einfälle. Sie hat den Kopf stolz erhoben; fürstlich schreitet sie durchs Zimmer, quer durch den sich öffnenden Familienkreis. Auf den unordentlichen Tisch, zwischen die Teller und Weingläser, stellt sie ein Vogelbauer. Ihre Arme bewegen sich vor dem Körper, als schlage sie feierlich den Takt zu Kirchenmusik. Die Onkel rauchen und schweigen. Am Kaminfeuer verebbt das Geflüster. Eine sonderbare Andacht überkommt uns, ein Erstaunen, das das Blut zum Sieden und Brausen bringt.

Tante trägt kreideweiße Handschuhe. Als sie die Hände ans Gesicht hebt, erscheint ihr Äußeres grau, und ihre blonden, zerzausten Haare lösen sich an manchen Stellen von den locker sitzenden Haarnadeln. Sie öffnet den Käfig. Eine violette Taube schlägt ein paarmal mit den Flügeln auf Tantes Hand. Jetzt beginnen die Hände mit ihrem zähmenden, Friedlichkeit-vortäuschenden Werk: die ausgestreckte Linke trägt den Vogel mit opfernder Gebärde, während die Rechte ihn in eine Benommenheit versetzt, die an Zauberei denken läßt. Ohne Hast pflückt Tante einen silbernen Apfel vom Weihnachtsbaum, hält ihn der Taube vor den spitzen Schnabel und beschreibt damit einen funkelnden Bogen im Raum. Ein Federchen wirbelt davon, in eine dunkle, tiefe Ruhe. Der Vogel in Tantes linker Hand ist betäubt; die rechte bemüht sich nicht mehr um die beschwörende Geste; die rechte Hand hängt ins Leere hinab, wie vom Körper erlöst, und die Finger bewegen sich nicht.

Einen Fuß vorangestellt, den Körper steif und unnachgiebig wie eine ägyptische Priesterin, erhebt Tante sich über uns alle, einsam und großartig, mit Augen, die vor gebietender Lust leuchten. Jetzt setzt sie die Taube auf ihren Kopf. Und in dieser Machtstellung, schlank und gleichsam zur doppelten Größe aufgereckt, verweilt sie in geheimer, kühner Überheblichkeit, auserwählt und überirdisch in ihren Träumen. Eine solche Spannung ist auf die Dauer unmenschlich; sie läßt sich nur mit der Ewigkeit der Götter vergleichen. Tantes Mund öffnet und schließt sich ein paarmal, ohne daß daraus ein Laut zu uns dringt. Mit ausgestreckten Händen nähert sie sich dem Fenster. Sie öffnet das Fenster. Sie hat den Vogel vom Kopf genommen und streichelt ihn mit bedächtigen Fingern wach. Wir stoßen ein nervös summendes »Ha« aus, während ein kalter Luftzug uns frösteln macht und zur Besinnung bringt.

Mit kurzen Flügelschlägen flattert die Taube in die frostklare Nacht.

In diesem Augenblick irrt Aloysius durch das Haus. Im Salon herrscht eine Weile lärmende Betriebsamkeit, in der sich die durchgestandene Spannung löst. Meine Mutter hat das Fenster geschlossen, und um Tante Henriette scharen sich die Männer und machen dumme Späße; Tante ist erschöpft in einen Polstersessel gesunken; sie hört nicht auf das Gerede, sie ist müde und starrt in eine traumlose Leere, während Onkel Bernard ihr die engen Handschuhe von den Fingern streift.

Unbemerkt kann ich den Salon verlassen, auf der Suche nach Aloysius, um ihm von dem tiefen Eindruck zu berichten, den Tantes Auftritt auf mich gemacht hat. Wenn ich darüber nachdenke, kommt mir das Ganze zwar albern, aber auch verlockend bizarr vor. Wenn Tante etwas anfängt, weiß man nie, was daraus werden wird. Zu welchem äußersten Punkt treiben sie ihre Gedanken, und warum macht sie solche unbeschreiblichen Sachen, unter denen sie selbst zu leiden hat? Auf jedes Geräusch, das von Füßen auf dem Boden oder von Kleidern an Möbeln hervorgerufen wird, horche ich aufmerksam, um seine Herkunft festzustellen. Im angrenzenden Billardsaal, wo Tante Theodora einige Queue-Stöße riskiert, prallen die Billardbälle mit trockenem Knall aufeinander. Jetzt schleiche ich aus dem Zimmer – in dem Gefühl, daß ich mich unsichtbar mache; jetzt bin ich plötzlich in der kalten, dunklen Halle, von erquickender Stille umgeben.

»Aloysius, Aloysius …«

Mein Flüstern ist so eindringlich wie das Knacken im Gebälk eines Zimmers, in dem man auf eine lang ersehnte Botschaft wartet. Alles geschieht ohne Übergänge mit mir. Ich beiße mir auf die Lippe, ich fühle den Schmerz, ich glaube mein eigenes süßes Blut zu schmecken. Ich bin draußen mit Aloysius, behaglich in meinem schweren Mantel, das Gesicht halb unter einem kitzelnden Wollschal verborgen, eine Otterfellmütze tief über die Ohren gezogen. Ich will weiterhorchen in den Wäldern, wo eine nie vermutete Atmosphäre winterlicher Einsamkeit hängt. Staunend gehe ich neben Aloysius, schaue zu den offenen Himmelsstellen zwischen den Bäumen auf und sehe eine Leere, die von den glitzernden Punkten eines Sternbildes begrenzt ist. Der Himmel ist wolkenlos. Der Mond treibt über ein Firmament aus Stahl; der

Schnee ist gefroren; das hauchzarte Geäst der Baumkronen steht in der Stille wie versteinert.

Wir erreichen den Bach. Es ist sonderbar, eine so wohlbekannte Stelle an unserem Bach wiederzusehen, in einer Stunde und unter Umständen, die wir schon früher einmal genauso erlebt zu haben glauben, obwohl dies nicht der Fall ist. Alles erkenne ich wieder, alles steht leuchtend in meiner Erinnerung, wie ich es jetzt wirklich wiederfinde; doch weiß ich ganz sicher: im Winter bin ich noch nie so spät hier gewesen. Auf der einen Seite neigt sich das harte Gezweig über das zugefrorene Wasser, auf der anderen erstreckt sich die Wiese unter dem blau leuchtenden Mondhimmel.

Aloysius schnallt die Schlittschuhe an meinen Füßen fest; während er dies tut, sitze ich, wehrlos seinem Zerren ausgeliefert, auf einem Klumpen gefrorener Erde. Ein Duft, der fast kein Duft mehr ist, verliert sich im Gehölz. Aloysius reicht mir die Hand, und unsicher stehe ich auf; im Schlittschuhlaufen bin ich wenig geübt, aber mit Aloysius neben mir wird es schon gehen. Im Rücken spüre ich seinen breiten, kräftigen Körper atmen; er hält meine Hände fest und schiebt mich, die Fahrt beschleunigend, vor sich her wie ein starker Wind. An der Biegung bremst er ab; es ist, als bildeten wir zusammen für ein paar Augenblicke ein Paar aus starrem, unbiegsamem Holz. Danach streben wir wieder vorwärts, links-rechts, links-rechts. Mein Blick ist aufs Eis gerichtet, was der Gelenkigkeit meiner Bewegungen nicht förderlich ist; ich strenge mich viel zu sehr an und lasse den Körper nicht geschmeidig ausschwingen, und darum hat Aloysius solche Mühe, die hohe Geschwindigkeit zu halten. Hin und wieder, seine Hand unter meinem Kinn, drückt er mir den

Kopf nach oben, und kurz klingt sein Befehl: »ich müsse gerade voraus schauen«.

Das Gewässer ist breiter und breiter geworden; die Krümmungen winden sich feierlich zwischen einem Weg und einer Wiese. Aloysius preßt meine Finger zusammen. Unsere Schlittschuhe singen auf dem Eis; meine Beine werden müde, als müßten sie ein Büschel langer, schwerer Drähte hinter sich herschleppen.

Das Gewässer ist breiter geworden. Jetzt sind wir in der Mitte einer ausgedehnten Eisfläche angelangt; und als ein plötzlicher Schwenk unsere Fahrt drosselt, sehen wir vor dem Hintergrund hoher Bäume ein Schloß aufragen. Die Schieferplatten auf dem Türmchen glänzen wie mit Wasser übergossen; in einer Fensterscheibe blitzt der Säbel des Mondlichts. Alles hier scheint tot und verlassen.

Zwei winzige Geschöpfe in einem überwältigenden, großartigen Abend, betrachten wir das unbekannte Gebäude, als versuchten wir etwas von unseren aufgewühlten Gedanken darin wiederzufinden. Eilig, ohne uns umzusehen, kehren wir zu unserem eigenen Landgut zurück.

V

Vor der Gartenlaube habe ich meine Mutter fotografiert. Es ist ein kühler, klarer Tag; in meinen Wintermantel vermummt, komme ich mit dem altmodischen Fotoapparat schwer zurecht. Auf der Mattscheibe erscheint meine Mutter, als wäre ihr Bild darauf herabgetaut in Farben, die lieblicher sind als in Wirklichkeit. So viele romantisch-weiche

Farbschattierungen entdecke ich auf ihrem Gesicht, und den Glanz ihres früh silbern gewordenen Haares habe ich noch nie so genau wahrgenommen. Ab und zu lacht sie ihr Gesicht voller Schatten, weil ich unermüdlich das dreibeinige Stativ hin und her zerre, den Kopf unter das immer wieder hochwehende schwarze Tuch gesteckt, nach dem meine Hände blindlings greifen. Wenn ich, mittlerweile nervös geworden, meiner Mutter zurufe, sie dürfe sich nicht bewegen, höre ich mich laut mir selbst zuschreien, denn so, wie ich meine Mutter jetzt suche und finde, ist sie nur ein winziges verträumtes Wesen, das sich leicht formen läßt und gar keine menschlichen Proportionen mehr besitzt.

Nach endlosen Vorbereitungen muß ich nur noch den mit Luft gefüllten kleinen Ballon drücken, damit ein Wunder geschieht. Ich zähle bis drei; das geheimnisvolle Klicken ist kaum zu hören: – im selben Moment hat sich in das vorläufig undurchsichtige Dunkel der empfindlichen Platte eine Wirklichkeit eingenistet. Meine Mutter wird auf einmal wieder lebendig und spaziert im windbewegten Frühlingsgrün davon. Etwas so Vergängliches wie Tau, etwas von ihrer sich nie wiederholenden Vergangenheit bleibt in dem gefühllosen Kästchen aufbewahrt, das ich behutsam ins Gras niederlege.

Als ich ins Wohnzimmer trete, werde ich von Tante Theodora überrumpelt, die den Apparat ohne weiteres als materielle Kostbarkeit in Empfang nimmt und im Schrank verschließt. Ich will sie nicht merken lassen, wen ich suche, doch sie hat es schon erraten und speist mich mit einem spöttischen Lächeln ab: »Tante Henriette ist krank; sie hat sich in die Bibliothek eingeschlossen.« Womit sie sagen will: gib dir keine Mühe, kleiner Narr, du darfst sie doch nicht stören.

Ohne zu zögern, ziehe ich ab in die Bibliothek, die einzig und allein Tante Henriette gehört. Die Tür ist nicht verschlossen; Tante hat die sonderbare Angewohnheit, einen Stuhl als stumme Schildwache innen vor die Tür zu stellen. Wenn die Tür mit einem kräftigen Stoß aufgedrückt wird, fällt der Stuhl krachend um, so daß Tante einen Grund hat, wütend über den zufälligen Eindringling herzufallen. An solchen Tagen völliger Niedergeschlagenheit geht sie in ihrer krampfhaften Verzweiflung besessen auf den Ruhestörer los, mit Schimpfwörtern und Drohungen, die einen Dragoner in die Flucht jagen könnten. Warum schließt sie die Tür nicht ab, wenn sie ungestört lesen oder ihr Tagebuch schreiben will? Sie hat heute keinen Mut zu leben; und warum ihre Unzufriedenheit Herz und Geist in solche Spannung versetzt, will sie gar nicht herausfinden; sie wartet auf eine Gelegenheit, schrankenlos hassen zu können, sich für ein paar Minuten als Stärkere zu fühlen, sich von der Langeweile zu befreien, die sie in diesem Schloß grau und grämlich gemacht hat. Sie wartet auf ein Heil, das sofort, ein für allemal kommen müsse.

Ich mache die Tür vorsichtig auf und spüre, wie der Stuhl langsam umkippt; ich stecke die Hand durch den Türspalt und halte ihn an der Rückenlehne fest. So kann ich leicht in den großen und hohen Raum hineinschlüpfen.

Auf dem weichen Teppich, wie es nirgends im Haus einen zweiten gibt, liegt Tante Henriette lang ausgestreckt und schläft. Es bedarf plötzlich einer großen Ausdauer, um in diese feierliche, gewitterschwüle Atmosphäre einzudringen; wie von einer schweren Stille-Strömung gehemmt und aufgehalten, versuche ich den Schreibtisch zu erreichen. Ein roher

Kristallklumpen ruht auf einem Häufchen loser Blätter; dann ist da noch Großvaters schwarzer Geigenkasten und ein gläsernes Pillendöschen. Das Instrument ist mit weißem Kolophoniumpulver bestreut; wenn ich das Pulver mit den Fingerspitzen berühre, fühlt es sich spröde-widerstrebend an; die Saiten wage ich nicht klingen zu lassen; ich betrachte sie nur. Ich höre das Bellen des Hundes im Park. Tante rührt sich nicht.

Als ich ins Innere der Geige schaue, sehe ich dort kleine Staubflöckchen wohnen, und ich kann der Versuchung nicht widerstehen, ihren Frieden mit einem Bleistift zu stören. Abends kam Großvater in dieses stinkvornehme Bücherzimmer zum Musizieren. Das Instrument weiß mehr von ihm, als was die Leute erzählen. Er starb, als ich kaum geboren war. Er hatte auswärts viele charmante Freunde und besuchte mit ihnen unerwartet seine Töchter im Pensionat. Er hatte sich selbst eine teure Grabstätte machen lassen, neben seinen Eltern und seiner Schwester; wider Erwarten liegt er nun auf einem vergessenen Friedhof begraben, wo selten einer von uns hingegangen ist.

Ich habe mich über das Instrument gebeugt, und meine Wimpern haben die Saiten berührt; begierig dringen meine Augen in das Dunkel, das im Hohlraum wohnt, und je länger ich dieses Spiel treibe, um so mehr lebe ich und bin ich gefangen und hänge ich darin. Als ich danach einen Blick in den hellen, kühlen Raum um mich werfe, fühle ich mich, als sei meine eigene knöcherne Härte durch einen unsichtbaren Lebensgeist überflügelt worden. Ist das hier eine Welt, in der die Dinge nie tief genug und nur vorübergehend Wurzeln schlagen, in der schwarzen Erde von Trübsal und Langeweile?

Tante liegt reglos ausgestreckt; ihr Kleid liegt wie ein Fächer auf der Farbenglut des Teppichs; ihr offenes blondes Haar und die bloßen, elfenbeinfarbenen Arme sind von paradiesischen Figuren umringt. Für hunderterlei Dinge ist sie zu keusch und zu stolz, doch geradezu unvorstellbar empfänglich für manches andere, das ihr vorenthalten wird. Sie ist eine von Kriech- und Schlingpflanzen überwucherte Fallgrube, höllisch und heimtückisch, in die man jählings stürzt.

Unter bestimmten Umständen habe ich das trügerische Gefühl, mindestens dreißig Jahre älter zu sein, als ich bin. Und begierig strebe ich nach diesem krankhaften Zustand. Von weiten Reisen bin ich hierher gekommen. Alles gehört mir. Ich brauche niemanden um etwas zu bitten.

In solch einem Moment bin ich ganz anderen als den wirklichen Möglichkeiten, Freude und Schmerz, unterworfen. Damals beim Theaterspielen kämpfte ich mit hartnäckig besserem Wissen gegen das Schicksal, um ungeteilt ich selbst zu bleiben. Von nun an werde ich mich mit verbotener Lust in eine andere, erdichtete Persönlichkeit verlieren; daraus wird ein unkontrollierbares Verlangen, mein eigenes »Ich« zu maskieren, und, vorläufig noch eher Spiel als Sünde, muß es natürlicherweise bald zur Sünde werden, zu einer berauschenden, für die Sinne unwiderstehlichen Lust.

Wenn ich neben Großmutter im Wohnzimmer am Fenster sitze und wir beide auf dieselbe Buchenallee schauen, auf den uns vorbehaltenen Weg, das Landgut zu verlassen und unter allerlei Umständen dorthin zurückzukehren – sehe ich die Baumreihe, den von Wagenspuren durchpflügten Sandweg dann anders, als die steinalte Frau sie sieht, die meine Großmutter ist? Den ganzen Tag sitzt sie still, in Gedanken versunken, die Hände im Schoß gefaltet. Ich kann keine Ruhe finden, und doch bin ich ein Teilchen ihres Lebens, und sie blickt an mir vorbei auf dieselbe alte Allee, auf denselben Sandweg, der endlos dahinzuströmen scheint im noch unbeständigen Frühlingslicht. Ich kenne ihn gut und sie kennt ihn gut; sie weiß, wo er in eine gepflasterte Straße mündet, genau vor der Kirche und dem Friedhof mit den vielen schlichten Kreuzen. Lange bevor ich auf die Welt kam, ist sie (wo überall?) spazierengegangen, mit anderen Gedanken, anderen Sehnsüchten, einer anderen Gesinnung, als ich sie jemals hegen werde? Ich muß sterben, und sie weiß, daß sie sterben muß. Doch ihr Gesicht ist bereits fest und sicher an die kühle Fensterscheibe des Todes gedrückt; ich sehe die Buchenallee und kann darin weit weglaufen. Das kann sie nicht. Ihr Gesicht würde die Scheibe in Scherben zerbrechen; sie würde zusammenbrechen und nicht mehr atmen. Sie muß das wissen. Und doch bleibt sie gelassen und kennt keine Furcht. Ihre Augen sind ungewöhnlich klar, doch drückt sich etwas darin aus, an das ich nur verzweifelt und mit Tränen denken kann. Ihre Augen haben in all den Jahren vieles und gerne geschaut, und jetzt ruht ihr Blick auf etwas, das für mich noch in weiter Ferne liegt: ein Weg wie das Bett eines ausgetrockneten Flusses. Sie liebt die Dinge auf eine andere Art als wir, und den Tod fürchtet sie nicht.

Ich sitze still neben Großmutter; ich versuche meine Angst zu überwinden, indem ich mich selbst überzeuge, daß ich nicht so bald sterben muß wie sie. Aus dem, was ich in Gesprächen erlauscht habe, baue ich mir eine fiktive Vergangenheit mit höchst merkwürdigen Schicksalsschlägen zusammen. Ich nehme sogar eine Haltung an, wie Onkel Joachim auf einer Daguerreotypie. Meine Lippen murmeln, wie ich es bei Tante Theodora sehe, wenn sie sich mühevoll an etwas erinnert. Wenn ich ein paar Kaffeebohnen esse, kann ich besser zwischen Traum und Wahrheit unterscheiden; manchmal gelingt es mir wie von selbst, sehr alt, in meiner Phantasie steinalt zu werden; es muß jetzt ein sehr langes Leben hinter mir liegen, um das ich nicht gelitten habe. Doch jene heilige Gewißheit, Großmutters Gelassenheit, finde ich nicht. Wie mein Vater sagt, muß solch ein Gemütsfrieden aus hundert kleinen, zufälligen Ereignissen, aus Schmerz und Glück, aus Irren und Versagen gewonnen werden. Großmutter sitzt an meiner Seite in der ganzen Herrlichkeit ihres Alters. Wenn ich mein Leben kraft einer rastlosen, leidenschaftlichen Phantasie vor einen unwirklichen Hintergrund schiebe, über die persönlichen, festen Grenzen von Dauer und Zeit hinweg, und meine Augen einen Blick auf die jahrhundertealte Buchenallee werfen: dann hat meine straffgespannte Stirn die eisige Scheibe des Todesgedankens berührt und mein Erinnerungsvermögen hat plötzlich ausgesetzt.

Ich fasse nach Großmutters Arm. Doch er ist wie eine abgebrochene Holzlehne ihres Sessels, die mit mir in einen schwarzen Abgrund stürzt und keinen Halt mehr bietet.

Mit Tante Henriette darf ich in der Dunkelkammer die neulich aufgenommenen Fotos entwickeln. In dem Verschlag unter der Treppe muß ich ganz dicht neben Tante stehen, um im trüben roten Schein der Lampe die Platte im Bad zu beobachten. Unerträglich warm qualmt der Petroleumgeruch;

bald fühle ich, wie unser Atem heiß in der unbelüfteten Kammer und vor allem um meinen Kopf hängen bleibt.

Nachdem wir eine Weile schweigend gearbeitet haben, sehe ich ein verschwommenes menschliches Abbild auf der Glasplatte auftauchen. Stellenweise erscheinen die Fragmente in einem mutmaßlichen Zusammenhang, um dann rasch, wie unter unergründlichem Zwang, ineinander zu fließen und ein Ganzes zu bilden, in dem ich allmählich das Bild meiner Mutter erkenne. Hin und wieder hört man ein fernes Grollen. Gerade als wir den Verschlag verlassen, überrascht uns in der Halle ein blendender Blitzstrahl. Tante Henriette rennt davon. Die rote Lampe brennt noch. Der Donner stürzt krachend auf das Landhaus herunter wie ein Haufen durcheinanderfallender Holzscheite. Die Scheiben klirren. Danach ist es unendlich still. Die Möbelmassen lassen uns ihre Übermacht spüren. Im Park weht kein Wind. Schwefelfarbenes Abendlicht trübt allmählich den Himmel, doch von eigentlichen Gewitterwolken ist keine Spur zu sehen.

Doch kaum habe ich das Wohnzimmer betreten, als ein trügerisches Blitzphänomen den Raum bis in die entferntesten Ecken erhellt. Schlagartig bemerke ich eine Anzahl fremder Gesichter, aber mir bleibt keine Zeit, sie zu erkennen. Ein prasselnder Donnerschlag entlädt sich dicht über unseren Köpfen. Danach ist die ganze Welt mit Stummheit geschlagen.

Ich liege unter dem Tisch auf dem Teppich ausgestreckt. In meiner Tasche finde ich noch ein paar Kaffeebohnen, die ich gierig zerbeiße; und um die köstliche Erregung zu beschleunigen, schüttele ich heftig den Kopf. Ich warte und horche. Eine wahre Sintflut ist inzwischen losgebrochen, und der Regen peitscht mit heftigen Stößen gegen die Fensterscheiben, während der Donner ununterbrochen grollt. Noch leuchtet ab und zu ein Blitz. Doch langsam und vorsichtig sind die Menschen aus ihrer Erstarrung erwacht. Füße scharren. Ich werfe ein Papierbällchen nach den dunkelbeschuhten, wieder lebendig gewordenen Füßen. Ich möchte sie mit den Fingern berühren, um ich weiß nicht welchem verwerflichen Drang nachzugeben. Ich möchte rufen: wer sieht mich hier unter dem Tisch liegen? Ich habe meine Hand schon ausgestreckt, und unversehens ist da ein Fuß, der mir hart auf die Finger tritt.

Das Leben ist ganz und gar erwacht. Deutlich erkennbare Menschenworte erklingen wieder in dem stickig heißen Raum, wo wir vor wenigen Augenblicken noch saßen und wie Mumien in einem Königsgrab auf die Ewigkeit warteten. Alle haben ihren Stuhl ein wenig verschoben. Die Salontür öffnet sich. Großmutters Stimme hat gerufen. Zu dritt sind wir aufgesprungen und stürmen zugleich in einen ganz neuen, freien Raum. Wir führen einen Eingeborenentanz auf; auf den Zehenspitzen trippelnd, mit hoch erhobenen Händen, machen wir Jagd auf den piepsenden Kanarienvogel. Er flattert gegen die Fensterdraperie; er ruht eine halbe Sekunde auf dem kristallenen Kronleuchter; und sogleich hat der Kronleuchter Bedeutung und Wert eines unzugänglichen Märchenpalastes. Das Vögelchen schlägt mit den Flügeln gegen die Fensterscheiben. Es ist hier, es ist dort. Großmutter ist unvorsichtig gewesen; während des Gewitters hat sie an dem Messingkäfig herumgespielt. Jetzt weiß sie nicht mehr, warum sie das getan hat. Kinderstimmen gellen durch den Saal. Wir klettern auf Stühle; wir lassen uns buchstäblich auf den

Boden fallen; wir sind gehetzt vor Nervosität. Noch nie habe ich mit so viel Vergnügen die reich vergoldete Zimmerdecke bewundert, während ich von einem Stuhl hinunter- und auf den anderen hinaufspringe. Ich befinde mich vollauf in einer neuen Welt; man möchte mit den Füßen auf der Zimmerdecke herumspazieren.

Weit in der Ferne rollt der Donner über das Land. Großmutter weiß nicht mehr, was sie tun soll, und wir stoßen Freudenschreie aus, um ihr klarzumachen, daß wir alles herrlich finden, wie es sich zufällig ergeben hat. Instinktiv weiß ich: zwei fremde Mädchen sind in meiner Nähe; doch auf den Klang ihrer Stimmen habe ich noch nicht bewußt gehorcht. Sie sind da, und ich sehe sie nicht. So unruhig bin ich noch nie gewesen; es ist, als hätten sich meine Nerven nach Jahren entspannt, und ohne mir bewußt zu sein, welchen Unfug ich treibe, habe ich eine kleine Vase in das klirrende Kristall des Leuchters geschleudert; doch der Vogel ist entkommen. Ein paar funkelnde Kristalltropfen fallen auf den Tisch herab. Mit ganzer Kraft reiße ich das hohe Fenster auf und springe hinaus in den herrlich naßgeregneten Frühlingspark.

Niemand hat mich aufhalten können, und ich drücke mein fieberheißes Gesicht in das triefende Gestrüpp, an dem das junge Laub zittert.

Als der Anfall vorbei ist, will ich mich nicht sehen lassen, ich weiß selbst nicht warum, denn der Vogel und der Schaden am Kronleuchter sind mir einerlei. Ich schäme mich für das, was sich tief in mir abgespielt hat. Ich kann der quälenden Unruhe noch keinen Namen geben; ich habe ein großes Bedürfnis, mich selbst zu vergessen. Denn es wohnt jemand in mir, der von dort auch weggehen könnte, wenn ich nur stark genug wäre, es ihm zu befehlen. Mir fehlt es an Willenskraft, ich bin krank, und mir scheint es der Mühe nicht wert, mich für dies oder das anzustrengen, womit ich im voraus nicht zufrieden bin. Alles, was mich umgibt, läßt sich beliebig gestalten und gehorcht meiner Phantasie. Das genügt mir, mehr brauche ich nicht.

Alles, wozu ich mich hingezogen fühle, was mich immer stärker und gebieterischer fesselt: das ist das einzige, was ich »Wirklichkeit« nennen darf. Alles andere ist nur Zufall. Diese Art Wirklichkeit läßt mehr Spuren von Leid als von Glück zurück; doch daran denkt niemand. Als ich an Tante Henriettes Schlafzimmer vorbeikomme, ruft sie mich herein. Das Fenster steht offen für den noch hellen Abendhimmel; die kleinsten Gegenstände auf dem Toilettentisch lauern auf den Segen der frischen Abendstunde. Tante Henriette hat Momente, in denen sie die Möbel nicht in Ruhe lassen kann, immer wieder stellt sie sie um. Der alltägliche Blickwinkel auf das Leben verändert sich dadurch nur scheinbar, tatsächlich bleibt alles beim alten. Sie schöpft daraus mehr oder weniger den Trost, die Dinge wirklich zu besitzen, obwohl ihr niemand den Besitz streitig macht und es sich außerdem um recht wertlose Dinge handelt. So ist die süße Sinnlichkeit ihres Kummers: sie will mit Illusionen ihr Schicksal besiegen: sie wäre gern verheiratet gewesen. Ich bleibe bei ihr in dem kühlen Schlafzimmer, wo sie zum soundsovielten Mal das Bett, den Kleiderschrank, den Waschtisch, die Stühle und die Teppiche an andere Plätze gerückt hat.

Wir stehen vor dem Spiegel, vor der opalfarbenen Waschschüssel, daneben liegen Seife und Handtücher. Tante Henriette hat Wasser in die Schüssel gegossen. Sie nimmt meine Hände. In den ihren beginnt sie meine Hände zu waschen; weich und duftend schäumt die Seife zwischen ihren Fingern, und ich lasse mir die fürsorgliche Behandlung mit Wohlbehagen gefallen. Ihre Hände sind kalt wie die meinen, aber anders, wie auch damals ihre Kleider kalt waren wie die meinen, aber sich anders anfühlten, als sie mich an sich drückte. Wie ich mir einbilde, steht Tante Henriette ganz durchsichtig in dem dunklen Zimmer; und doch kann ich zu diesem atmenden Mysterium neben mir keinen Zugang finden, um mich so tief darin einzunisten, daß keine menschliche Stimme mich aus dem Schlaf wecken kann.

Wenn ich abends eine Fliege summen höre und zufällig allein bin, dann mache ich das Licht aus und glaube, daß die Fliege nun den Weg verlieren, gegen einen Gegenstand prallen und verunglücken wird. Nach einiger Zeit höre ich sie wieder deutlich summen. Meine Augen haben sich mittlerweile an das Dunkel gewöhnt; ich kann die Umrisse der Schränke und die begrenzenden Wände wieder unterscheiden. Ich komme zu dem Schluß, daß es nutzlos ist, die Dinge durch eine zeitweilige Verdunkelung anders erscheinen lassen zu wollen, als sie sind. Ich bin jedenfalls ein Sklave ihrer unveränderlichen Existenz; ständig und ohne nachzudenken gehorche ich ihrem Aussehen, ihrer Größe und plumpen Schwere. Heute abend sehne ich mich nach dem Spiel mit den Schiffchen, auch um mich selbst zu betrügen und ein paar Augenblicke lang die Lüge zu genießen, die mein Leben umflicht und durchwuchert. Ohne die Droge des lächerlichsten Selbstbetrugs fühle ich mich kaum noch gesund, obwohl er an meinen

Kräften zehrt und mich von einem Kummer in den anderen stürzt. Doch eben habe ich Tante Henriette verlassen; zum Abschied hat sie mich wieder kräftig in den Nacken gekniffen. Es ist nun völlig dunkel geworden im Park. Die Apfelbäume im Obstgarten stehen in voller Blüte; von einem niedrigen Ast will ich zwei Schiffchen voll Blüten pflücken. Eine elfenbeinerne Mondsichel scheint durch die Bäume auf das Gras. Wie sehne ich mich nach dem Bach und seiner unerklärlichen Bedeutung. Und wenn ich die kalten kleinen Blüten unter meinen Fingerspitzen zittern fühle, ist es, als dürfe ich ein lebendiges Wesen in der zitternden Blindheit seines Geheimnisses berühren. Das Wasser im Bach hat einen besonderen Glanz, als liege eine schwarzglänzende Eisenplatte auf seinem Grund. Die Boote fahren in lautloser, schneller Flucht davon. Hätte ich nur eine Stange, um über den Bach zu springen. Doch was soll ich drüben auf der Wiese suchen? Ein loderndes Reisigfeuer, Kinder, Hände, Augen, den nächtlichen Wind? Aloysius findet seinen Weg zu jedem Ort, wo Menschen wohnen. Ich mache stets unfreiwillig einen Umweg; indem ich sie suche, entferne ich mich mehr und mehr, in mein eigenes Einsiedlertum eingeschlossen. Ich brauche geheime, unsichtbare Fäden, um mein Fühlen und Wünschen mit den Menschen in Kontakt zu bringen. Die Schiffchen sind eines nach dem anderen verschwunden. Niemand hört sie auf dem Wasser treiben; sie finden, immer ferner, ein ungewisses, besseres Ziel: niemand braucht sie zu finden, denn ihre Irrfahrt ist der Sinn ihres Daseins. Jetzt habe ich einen Stock gefunden. Dennoch bleibe ich hier; ich will, ich kann nicht mehr über den Bach springen, um auf der Wiese den Schiffchen nachzulaufen. Eine Art Trunkenheit betäubt mein Gehirn. Auf den Knien schaue ich ins Wasser. Ich beuge mich vor; mit den Lippen berühre ich den Wasserspiegel. Und das Wasser strömt dahin mit dem dunklen Bekenntnis eines Kusses.

Als ich nach Hause komme, versorgt Tante Henriette den Kaktus, der in einer der folgenden Nächte blühen wird. Tante macht sich mit ihren zarten, empfindlichen Fingern an der stacheligen Pflanze zu schaffen, als möchte sie körperlich an dem Fest der aufgehenden Blüte teilhaben. Welk und allen musikalischen Dingen des Lebens abhold, wie sie ist, könnte man Tante Theodora mit einem dürren, scheußlichen, unförmigen Kaktus vergleichen; Tante Henriette hat die launische Selbstverblendung, die trockene Verbissenheit einer Distel. Es geschieht sicherlich nicht aus Ehrgeiz oder Bewunderung, daß sie solche Kakteen-Scheusale sorgsam am Leben erhält; vielleicht ist ein unbewußtes Gefühl der Widerspenstigkeit, ein unerfindlicher, schmerzlicher Widerstand der Grund, warum sie das wohlig-geheizte Wohnzimmer mit den zwergenhaften Mißgestalten vollgestellt hat. Sie schafft sich überall eine giftige Atmosphäre. Ich kann zwar erraten, daß sie Kakteen nicht ausstehen kann: sie benutzt die Pflanzen als ausgeprägtes Zeichen des Hasses, obwohl die anderen Bewohner des Landhauses die raffinierte Herausforderung gar nicht erkennen, weil sie allesamt die stacheligen Dinger lieben, die auf den Schränken und sonstwo herumstehen.

Ich gehe früh zu Bett.

Doch ich kann nicht schlafen. Meine Haut fängt an zu jukken; ich kann nicht lange an dieselben Dinge denken. Nach einer Weile ziehe ich meine Hose wieder an. Ich schaue durchs Fenster und rieche den Ambraduft der blühenden

Linde. Ganz fern und ganz lang höre ich etwas wie einen Ruf über das Land hallen, als blase jemand auf einem riesigen Kuhhorn.

Ich gehe die Treppe hinunter zum Wohnzimmer, wo ich Tante Henriette noch zu finden hoffe. Das Zimmer ist dunkel, und ich muß die Petroleumlampe anzünden. Erst jetzt bin ich ganz mit mir allein. Hier sitze ich.

Vor kaum zwanzig Minuten habe ich diesen Raum verlassen, und wie anders finde ich ihn wieder. Jedoch ist nichts von seinem Platz weggerückt; hier und dort stehen die Stühle, der Tisch, die Schränke wie gestern und immerzu. Dennoch ist da nicht mehr dieselbe Vertrautheit mit den Möbeln, dem Fußboden, den Wänden zu spüren, wie noch kurz zuvor. Mit den Augen erkenne ich die kleinsten Gegenstände, aber das genügt nicht; die Sinne lauschen und tun weh; das Herz kann in der völlig verwandelten Atmosphäre keine Innigkeit mehr finden. Und wie einfach ist das alles geschehen: ich springe aus dem Bett, finde ein in Dunkelheit getauchtes Zimmer, ich tue kaum mehr, als eine Lampe anzuzünden – und, wundersam still, fühle ich mich hier sitzen wie in einer Welt, die von Gott und den Menschen verlassen ist. Das Abenteuer, noch unbetretenes Grenzland zu überschreiten, wie ich es mit Aloysius so oft gesucht habe, ist auch in diesem Zimmer zu finden. So muß da in mir etwas zu erreichen sein, von dem ich nicht genug weiß, was mir noch nicht bewußt geworden ist. Niemand kann sich darum kümmern, nur ich selbst; es lebt und es stirbt mit mir. Tag und Nacht nähre ich es mit meinen Traumvorstellungen, mit meiner eigenen Wirklichkeit. Das ist es, was die schweigenden, steinernen Zimmerwände mich heute abend lehren. Auch sie geben hinter dem äußeren Anschein nichts preis von dem, was sie in ihrer Dichte verbergen. Mit Hammerschlägen kann man sie beschädigen, mit zahllosen Nägeln durchbohren, beliebig mit Tapeten bekleben, sie in kindischem Abscheu mit Tintenklecksen beschmieren. Sie bewahren ihr Geheimnis, und wollte man sie Stein für Stein abbrechen. Mit fast mikroskopisch kleinen Buchstaben kritzle ich etwas darauf: den fürstlichen Namen Luzifers. Was ich damit beabsichtige, vermag ich nicht gleich in Worte zu fassen; es ist auch nicht von Belang. Wieder beruhigt, gehe ich schlafen. Ich begehe freiwillig und wissentlich eine Sünde, um die Ungeheuer meiner Phantasie zu beschwichtigen.

VI

Wenn Tante Henriette Türen und Fenster aufreißt und einen Zug-aus-der-Hölle durch die Zimmer jagt: dann kann man sich vorstellen, sie finde in der windigen Leere, wie eine flatternde Fledermaus, nirgends mehr Halt.

Während ich mit Hermine im Studierzimmer meine Ferienaufgaben mache, erzähle ich ihr von den Pillen, nach denen Tante regelrecht süchtig ist. Der Kutscher ist trotz des Hundewetters eigens in die Stadt gefahren, um sie zu holen. Ich erzähle ihr von den Szenen, die dem vorangegangen sind: vom Besuch des Dorfarztes in tiefster Nacht, vom Lärm umgeworfener Stühle und so weiter. Hermine sagt trocken, und sie läßt sich einen geheuchelten Seufzer entschlüpfen, sie dürfe mir nicht alles sagen, was tatsächlich dahintersteckt.

»Das weißt du von Tante Zénobie«, rufe ich entrüstet; und ich setze sofort verächtlich hinzu: »Es gehört sich nicht, daß deine Mama mit dir darüber spricht; *das* tut meine Mutter nicht.«

Unterdessen plagt mich die Neugierde: *was* die Pillen zu bedeuten haben? »Nein«, sagt Hermine mit gespieltem Gleichmut, um mich zu ärgern, »*das* darfst du nicht wissen.«

Hermine ist falsch und leicht gekränkt. Sie hat einen unbeugsamen Charakter, und lieber würde sie mit einer scharf geschliffenen Scherenspitze Inschriften in die Schränke ritzen als eine kleine Strickarbeit fertigmachen.

Um Hermine zum Reden zu bringen und hinter die Wahrheit zu kommen, muß ich also zu einer List greifen; für ein paar Augenblicke stelle ich mich an, als wäre ich aus unbekannten Gründen zu Tantes erbittertem Feind geworden. Welchen Unsinn verzapfe ich dabei, welche schönen Geheimnisse gebe ich Hermines Schlauheit preis, die grausam mit mir spielt wie die Katze mit einer Maus. Wenn meine Neugier einmal erwacht ist, habe ich keine Geduld mehr; es ist für mich eine körperliche Qual, wenn ich ohnmächtig warten muß und keine Antwort bekomme auf die Fragen, die mich mit peinigenden Gedanken überfallen. Das Unbekannte in Menschen, Tieren und Gegenständen weckt in mir einen krankhaften Wissensdurst, und meine Phantasie mißt allem übertriebene Bedeutung bei, worüber offen zu sprechen ich mich meist schäme.

Treffe ich Tante Henriette nicht oft in der Kammer, in der die geputzten Schuhe stehen? Sie reibt meine klammen Füße mit ihren Händen warm. In der Garderobe versteckt sie sich hinter den Mänteln. Ich lasse meine Hand gern in fremde

Manteltaschen schlüpfen, um die blinden Gegenstände zu betasten, die darin schlafen. Minutenlang kauert Tante versteckt hinter einem hochlehnigen Sessel im Salon. Plötzlich erschreckt sie mich und überrumpelt mich mit einer Zuneigung, die sich in scheinbar gleichgültigen Verrichtungen äußert. Sie bürstet meine Kleider ab. Sie zieht mir die Handschuhe an. Sie kämmt unendlich lang meine zerzausten Locken, im Luftzug einer offenen Tür.

Tante Henriette lehrt mich, akkurat zu zeichnen. Ständig wiederholt sie, ich solle Gegenstände auswählen, die ich nicht gern abzeichne. Ich solle nicht immer Dinge zu Papier bringen wollen, von denen man sofort sagt, sie seien schön. Darum wählt sie als Vorlage für mich stets eine Gabel, einen Löffel, ein Pfefferfäßchen aus Zinn oder ein Ei. Ich möchte aber am liebsten immer altertümliche Holzschnitte aus »La Belgique Monumentale« kopieren: romantische Landschaften mit baufälligen Burgen, Kathedralen, Felsen oder einer stürmischen See. Über solche Dinge zuckt sie die Achseln: »Du mußt lernen, Elias, deine eigene Handschrift zu beherrschen, um Dinge zu beschreiben, die dir zuwider sind.« Doch es sind gerade die gespenstischen Themen, an denen ich mit Eifer arbeite, bei denen ich etwas von meinen irren Wahnbildern loswerden kann.

Je länger mich Hermine mit vorgetäuschter Gleichgültigkeit ansieht, desto eindringlicher rede ich; ich rede mich buchstäblich müde. Im Grunde bedauere ich zutiefst, daß ich ihr die geheiligten Abmachungen zwischen Tante Henriette und mir preisgegeben habe. Einmal begonnen, ist an kein Aufhören mehr zu denken; und nicht um einer gewissen Eitelkeit zu frönen, führe ich mich so auf. Das Weinen ist mir näher als das Lachen; trotzdem lasse ich beim Erzählen meiner Phantasie freien Lauf, obwohl meine Gewissensbisse immer heftiger werden.

Hermine sagt noch immer nichts. Mein Blick fällt auf ihr listiges, migräne-verzerrtes Gesicht. Sie schreibt, sie hantiert grob mit dem Federhalter, sie pfeift auf ihre Krähenfuß-Buchstaben. Ihr trotziges Schweigen schiebt meiner quälenden Phantasiersucht einen Riegel vor. Als ich zu sprechen aufhöre und sie fragend ansehe, gönnt sie mir einen schiefen, boshaften Blick; und verlogen-vornehm nickend, wie Tante Zénobie in jener Unglücksnacht, als sie von der Treppe herab mit Onkel Augustin stritt, sagt sie: »Merci, Elias, merci.«

Rot vor Wut schlage ich ihr ein paarmal heftig mit der scharfen Linealkante auf die Finger, bis sie bluten. Sie schreit nicht auf; sie senkt langsam den Kopf auf ihre Hände und bleibt totenstill auf dem Schreibtisch liegen, als wolle sie im warmen Sonnenschein einschlafen. Ratlos packe ich ihr Buch und schleudere es samt den herausflatternden Seiten in die Zimmerecke. Dann renne ich weg. Als ich im Korridor bin, höre ich den Schrei, der sich mühsam ihrer Kehle entringt; doch meine Grausamkeit tut mir nicht leid. Ich fühle mich elend, weil ich Tante Henriette feige verraten habe. Und traurig wird mir bewußt, daß ich ein paar zufällige Augenblicke lang eine ganz andere Art von Kummer erlebt habe, als ich gewöhnlich ertragen muß.

Abends im warmen Sommerdunkel der Buchenallee habe ich meinen Namen gerufen; ich rufe laut und horche auf das Echo meiner Stimme. Welche Entfernung hat sie in den wenigen Momenten zurückgelegt? In der Ferne dort drüben ist etwas von meinem eigenen Leben widergeklungen, während meine Füße sich hier nicht vom Boden gelöst haben. Ich wiederhole mein Rufen: »Ee-lie-aas«. Dann ergreife ich die Flucht, bis zum einzigen erleuchteten Fenster des Landhauses. Weiße Stühle stehen rund um einen Tisch im Gras. Wieder starre ich in die glühend-schwarze Finsternis. Jetzt würde ich mich nicht getrauen, nochmal an dieselbe Stelle in der Allee zurückzukehren und meinen Namen zu rufen.

Ich hasse die sogenannte gefühlvolle Wahrheit von Tante Theodora.

Langsam gehe ich die Treppe hinauf; wie auf einer breiten Bühne gehe ich auf der Terrasse auf und ab. In meinem Hirn klingt ein nie laut ausgesprochener, zornig erregter Monolog wider. Vielleicht habe ich dabei eine Handbewegung gemacht, als wollte ich ein Schlangenknäuel aus meinem Innersten reißen und weit weg von mir in die Nacht schleudern.

Ein paar hundert Meter vom Schloß entfernt steht die dunkle Wache der Buchen. In der unbeleuchteten Halle sitzt Tante Henriette, schemenhaft erkennbar, auf einem Stuhl. Sie ruft mich nicht zu sich. Es ist still. Ich setze mich draußen auf die Freitreppe.

Ich sitze noch nicht lange dort, als hinter meinem Rücken Tante herauskommt. Ich erkenne ihren trägen, träumerischen Schritt. Dicht an mir vorbei geht sie die Stufen hinunter. Tante Henriette hat eins von Tante Zénobies weißen Nachthemden angezogen, und mit dem Spitzenkragen, den weiten Ärmeln und dem bis auf die Füße fallenden Saum erinnert es mehr an ein Ballkleid als an ein Nachtgewand. Bisweilen erscheint Tante Zénobie darin am Frühstückstisch, wenn es zwischen ihr und Onkel Augustin ein Donnerwetter gegeben hat.

Ohne sich umzusehen, wandert Tante Henriette langsam weiter und verschwindet hinter den Koniferen.

Hat sie vom Streit zwischen Hermine und mir etwas mitbekommen? Das Rastlose, das Quälerische in meinem Charakter gefällt ihr, und sie versucht, auf ihre Art Andeutungen zu machen, die mir das Schwarzgallige und den tunlichst geheimgehaltenen Kummer meines Gemüts bewußt machen sollen. Wenn ich ihr absichtlich, um sie zu überraschen, eine Handvoll Kaffeebohnen zeige, die ich in der Küche stibitzt habe, sagt sie lächelnd und mit fast zärtlich klingender Stimme: »Was hast du doch für sonderbare Anwandlungen, Elias.« Sie legt mir die Hand aufs Haar und fährt mit dem Daumen über meine glühende Stirn, als zeichne sie mir ein Kreuzchen darauf.

Wenn ich von meiner Familie erzähle, schlage ich absichtlich einen scharfen Ton an, wie um mich für die von mir begangenen, lächerlichen Übeltaten zu entschuldigen, die ich verschweige. Wenn ich sage: »Tante Henriette kann alles gebrauchen«, meine ich dann vielleicht, sie liebe die unbeseelten Dinge mit unendlich trauriger Verwunderung? Und wie steht es um meine eigenen Übertreibungen? Ich besitze einen Schlüssel, der in kein einziges Schloß paßt; wie ein Dieb entwende ich die Stallaterne, zünde sie an vielen Stellen im Haus an und blase sie wieder aus; ich klaube die Scherben eines zerbrochenen Tellers aus dem Abfall und verstecke sie an einem heilig-einsamen Ort. Tage- und nächtelang liegen sie dort und hören den rührigen Pflanzen und Käfern zu; wenn ich sie mit den Fingern aus dem Boden grabe, haben sie sich äußerlich nicht verändert; dennoch sind sie wie durchtränkt von den großen, dunklen Geheimnissen der Erde, mit denen die Toten auf dem Friedhof vertraut sind. Ich werfe die Scherben über meinen Kopf hinweg und suche sie danach ängstlich wieder zusammen, voller Unruhe, wenn auch nur ein Bruchstück beim Zusammensetzen des Tellers fehlt. Danach schlage ich sie mit einem Hammer zu Staub, damit es sie, die in meinem Empfinden stärker mit Geheimnissen durchflochten sind, nicht mehr gibt.

Wenn ich sonntags mit Tante Henriette aus der Messe komme und sie langsam an den Gräbern um das Dorfkirchlein entlanggeht, ziehe ich manchmal vorsichtig eine Pflanze aus dem Boden und betaste die weißen Wurzeln, um dieses wunderbare Lebensgewebe in seiner seligsten Tiefe zu berühren. Tante ihrerseits zerdrückt das Pflänzchen zwischen den Fingern. Dann, während sie mich mit den Fingern der anderen Hand kräftig in den Nacken kneift, schleudert sie die Pflanze grob gegen die schimmelbefallene Kirchenmauer, an der hier und da ein Grabstein lehnt.

»Es wird seinen Weg schon von selbst in die Erde zurückfinden«, kommt es spöttisch über ihre Lippen.

Das Pflänzchen fällt wie ein totes Vögelchen auf den Boden. Nebeneinander gehen wir zum Landgut, um in der Einsamkeit *unsere* Erde, *unsere* Träume wiederzufinden.

Heute abend bin ich Tante Henriette auf Händen und Knien durch das Gestrüpp nachgeschlichen. Ihr Gewand bleibt an den störrischen Zweigen hängen, und wenn ich recht gesehen habe, stecken ihre bloßen Füße in Sandalen. Gemurmel quillt über ihre Lippen, noch unverständlich, matt und müde. Sie geht auf einem schmalen Pfad durch das raschelnde Blättergewirr. Jetzt hat sie den schweren, honigblonden Haarknoten gelöst. Ab und zu bleibt sie zögernd, in

Gedanken stehen; ihre Stimme klingt mitunter lauter, doch immer noch unverständlich, und ich kann nicht mit Sicherheit feststellen, ob sie sinnvolle Wörter oder unzusammenhängende Laute ausstößt. In düsterer, erhabener Zerstreutheit geht sie weiter. Und endlich, wie zu erwarten war, hat sie einen langanhaltenden, lauten Klageschrei ausgestoßen. Danach herrscht Stille; ein Vogel flüchtet in die zitternde Krone einer Eiche. Ich liege auf dem Boden ausgestreckt, wie ein Räuber, um Tante zu belauschen.

Jetzt beginnt sie laut und deutlich Verse aufzusagen, die ich schon früher gehört, aber nicht behalten habe. Tante ist zu einem symbolischen Standbild geworden, wie man sie nach fernen Kreuzzügen hinterließ: jahrhundertelang stand es steinern-stumm auf seinem Platz im Wald; von einer unbekannten Zauberkraft beseelt, beginnt es in dieser Nacht, klagend und jubelnd, von einer großartigen Vergangenheit zu erzählen. Eisen und Holz, Boden und Wind kann man beim Namen nennen, und sonst haben sie auch keine Bedeutung. Doch Tante Henriette kann ich in diesem Augenblick nicht dadurch erreichen, daß ich sie bei ihrem Namen nenne. Auch wenn ich es wagte, ihr Kleid mit den Zähnen festzuhalten und ein Stück davon abzureißen, bliebe noch immer ein kühler Abstand zwischen uns beiden bestehen, den nur ihr Schatten überbrücken kann.

Als ich Aloysius begegne, beginne ich ihm sofort von Tante Henriette zu berichten. Den ganzen Tag hat er seine Strafarbeiten machen müssen, und er zeigt nur mäßiges Interesse für die verrückten Geschichten, die Tante Henriette betreffen. Er legt die Hand auf meine Schulter und zusammen rennen wir in eine andere Richtung als die, die Tante eingeschlagen hat.

Schon mehrmals sind wir für unsere abendlichen und nächtlichen Streifzüge bestraft worden; nach jedem Arrest im Studierzimmer sind wir mit neuer Leidenschaft aufgebrochen. Tante Theodora ist nur böse, weil sie unser Benehmen als Herausforderung betrachtet; meiner Mutter habe ich jedoch oft echten Kummer bereitet, wenn ich aus dem Schloß fortlief und erschöpft und verwildert zurückkehrte. – Die Familie hat sich im Wohnzimmer versammelt. Als schuldiges Kind, an der Hand meiner Mutter, betrete ich den Raum. Mit einem Blick sehe ich den runden, glänzend polierten Tisch, den Spiegel, die Pendeluhr aus schwarzem Marmor, die Kakteenpflanzen, die Spitzendeckchen auf den samtenen Sessellehnen. Und warum ist auf den Gesichtern der Menschen nicht das geringste Mitgefühl für meine völlig verwirrte Mama zu erkennen? Ich spüre, ich erlebe an den leblosen Möbeln und Gegenständen die grinsende Schwerfälligkeit der Menschen, die bei meinem Eintreten verstummen. Ich bleibe vor dem Tisch stehen. Meine Mutter hält ihr Taschentuch in der Hand; sie lächelt mir zu, und ich weiß gar nicht, wie ich ihre Liebe vergelten soll, denn ich habe ihrem Herzen sehr wehgetan. Instinktiv fühle ich, daß unsere Familie sie in diesem Moment wegen meines Benehmens durch höhnisches Schweigen demütigt. Sie hat sich neben Großmutter gesetzt. Sie trägt ein weißgeblümtes lila Kleid mit ledernem Gürtel. Es sei nun schon beinahe Mitternacht, und ich solle mich waschen, bevor ich zu Bett gehe, sagt sie leise; morgen solle ich ein sauberes Unterhemd und einen frischen Kittel anziehen.

»Ich werde alles auf einem Stuhl für dich bereitlegen; geh nur jetzt schlafen, Elias«, sagt sie und läßt kurz ihre Hand auf meinem Kopf ruhen.

Ohne ein Wort zu sagen, gehe ich hinaus und liege danach weinend im Bett. – Und heute abend bin ich doch wieder mit Aloysius unterwegs. Ziellos davongetrieben, laufen wir nebeneinander her und frönen unserer Abenteuerlust in der herrlichen Sommernacht. Als ich mich noch einmal umdrehe, erkenne ich Tante Henriettes weißes Gewand vor dem blauschwarzen Wald. Aloysius, der die Schattengestalt ebenfalls erkannt hat, zieht mich mit einem kräftigen Ruck am Arm mit sich weiter, in die Richtung jener Allee, wo er einst stundenlang mit dem Rad hin und her gefahren ist, ohne sich um mich zu kümmern. Bald sehen wir das Doppelhaus vor uns liegen; wir springen die Böschung hinunter und laufen ein Stück in die Allee hinein. Dann erreichen wir eine schmale, verwahrloste Landstraße zwischen zwei großen Gütern. Schweigend gehen wir nebeneinander. Meine warme rechte Hand umklammert das zu einer Kugel zusammengeknüllte Taschentuch in der Hosentasche.

Leuchtend zwischen den düsteren Tannenwäldern schlängelt sich die Landstraße dahin. Weiter als wir zu gehen geplant hatten, werden wir verlockt der Straße zu folgen. Hier gibt es kein wirres Gestrüpp aus widerspenstigem Unterholz, durch das man sich wie ein störrischer, verirrter Geisbock zwängen muß. Das Streunen bekommt hier eine völlig andere Bedeutung, und ich finde kein treffendes Wort, um den Unterschied auszudrücken. Immer wieder sehen wir uns um. Womöglich fürchten wir uns mehr, auf diesem unbekannten, aber deutlich sich abzeichnenden Weg die Orientierung zu verlieren, als wenn wir quer durch das schützende Gebüsch dringen.

Grillen zirpen. Wasser fällt plätschernd von einem Stauwehr irgendwo im Wald. Wir gehen immer weiter, wahrscheinlich in die Richtung irgendeines Gehöfts; wenn wir zurückblicken, wird es immer sonderbarer, immer beklemmender, uns auf dieser holprigen Straße freiwillig zu verlieren, deren Pflastersteine hier und da lose herumliegen.

Was kann sich an mir ändern, nun da ich in Aloysius' Gesellschaft der Liebe meiner Mutter und Tante Henriettes bittersüßer Zuneigung entfliehe? Links erstreckt sich eine Wiese; daneben öffnet sich ein Hohlweg, der zu einem fernen Lichtnebel führt. Dort steht ein Haus. Es ist ein alter Gasthof, dessen Fensterläden geschlossen sind.

Im Vorübergehen sehen wir unter den Linden einen Mann, dessen Kopf auf dem Tisch liegt; seine Peitsche ist auf den Boden gefallen. Niemand läßt ihn hinein, niemand wundert sich über ihn. Ich glaubte ihn schluchzen zu hören, doch Aloysius sagt, er habe nur geschnarcht. Die Mauern, die Fenster, das Aushängeschild haben eine völlig andere Beschaffenheit bekommen durch die persönlichen Erlebnisse und das Mißgeschick dieses Mannes, der den Kopf auf den nassen Gasthaustisch unter den Linden zur Ruhe gelegt hat. Mechanisch schauen wir zu dem Dach mit den verträumten Ziegeln und dem Schornsteinstumpf, der sie überragt. Der Schweiß perlt auf meiner Stirn. Habe ich irgendwo etwas gehört? Eine menschliche Stimme? Ein lautes, überraschendes Flügelrauschen? Unversehens sagt Aloysius: »Hier kommen unsere Boote vorbei«, und deutet mit dem Kopf in die Richtung der Ebene. Ich sehe einen breiten Bach. Sofort springen wir auf die Wiese und rennen zum Wasser. Aus dem stellenweise versandeten Bachbett tauchen kleine Inseln auf, umringt von giftig riechenden Wasserlinsen. Und mit freudigem Erstaunen erblicke ich die Überreste meines letzten starken Bootes, ein schlammverschmiertes Wrack, das auf einer trockengefallenen Stelle gestrandet ist. Das also ist das Ende einer wohlüberlegten Fahrt. Daran scheint Aloysius nicht zu denken. Er hat Schuhe und Strümpfe ausgezogen und watet ohne mich ins seichte Wasser. Als ich mich anschicke, ihm zu folgen, sagt er mürrisch, er bleibe nur kurz fort; ich solle eine Weile Geduld haben und auf ihn warten. Ich lasse ihn ein Stück vorangehen und wate dann meinerseits durch das trübe Wasser.

Über brachliegendem Boden trabe ich hinter Aloysius her.

Ich hole auf; ich muß mich sogar zurückhalten, um nicht in ein paar Augenblicken bei ihm zu sein. Wenn ich vermute, daß er sich umsehen wird, lasse ich mich auf die Knie fallen und lauere auf das, was er vorhat. Er geht in die Richtung eines abgelegenen kleinen Bauernhofs. Ich klettere nach ihm über den Zaun. Im Vorbeigehen sehe ich ein Kupferkreuz auf einer schweren Stange an der Giebelwand lehnen. Jetzt hat Aloysius mich doch bemerkt und gibt mir ein unverständliches Zeichen mit der Hand. Als ich bei ihm bin, führt er mich weiter und wir kriechen in einen Schuppen, in dem Kaninchenställe, Besen, Harken und Spaten stehen. Jetzt vernehmen wir deutlich Rosenkranzgemurmel. Ich höre aufmerksam zu und weiß, daß man für einen Toten betet. Dennoch wird mir nicht bang ums Herz; ich fühle, wie mir die Hitze in den Kopf steigt. Es dauert nicht lang und Aloysius läßt mich allein, und ich denke nicht daran, ihm zu folgen.

Aloysius unternimmt niemals etwas unbedacht, wie ich früher von ihm geglaubt habe; das ist jetzt gut zu merken. Er wußte immer, wohin er wollte, und heute abend *weiß* er, daß man hier Totenwache hält. So muß er auch mit den Booten etwas im Schilde führen; er tut alles mit Energie, er handelt mit Überlegung. Ich bin ganz anders. Unversehens, wenn ich im farblos trockenen Licht eines Frühlingsmorgens die Treppe hinuntergehe, überfällt mich die Angst; sogleich beginne ich diese Angst mit rastloser Phantasie zu nähren. In allem und überall suche ich nach dem mir bislang Unbekannten, ohne an die Folgen zu denken, wenn es plötzlich vor mir auftauchen sollte: es kann erfreulich oder betrüblich sein. Als ich im Schuppen eine kleine Holzluke öffnen will, fällt mir Schmutz ins Gesicht. Jetzt klingen die Stimmen deutlicher zu mir herüber. Während ich mich ganz still verhalte, höre ich Aloysius' Stimme unter den Betenden. Meine Ergriffenheit ist jetzt ganz anders als die Empfindungen, denen ich auf dem Schloß nachjage, wenn ich abends mit Absicht die Petroleumlampe brennen lasse, um sie gleich darauf in der bittersten Stille, allein und ungesehen, auszulöschen. Dann fühle ich mein Herz beklemmend umfangen von nächtlichem Entsetzen, das ich überall um mich herum an den Wänden wahrnehme. Am nächsten Tag bin ich krank. Mit süchtiger Gier habe ich wieder Kaffeebohnen gekaut; ich lehne mich aus dem Bett und erbreche mich, voller Scham, daß jemand es merken könnte.

Wenn ich neben Großmutter sitze und über den Tod nachdenke, wird mir schwindelig. Hier, auf dem armseligen Bauernhof, wo Bauersleute wachend und betend die Nacht verbringen, bin ich nur durch eine dünne Wand von einem tatsächlich Verstorbenen getrennt – und ich fühle mich ruhig, ich verlange nach nichts. Auf der Planke finden meine Finger Flaschen und Farbtöpfe; ich rieche Petroleum. Über allen Stimmen höre ich die entschlossene, eintönige Stimme von Aloysius beten. Ich bleibe hier, ohne mich nützlich zu machen, ohne meiner Christenpflicht nachzukommen, einer Seele bei ihrer Himmelfahrt betend Beistand zu leisten. Im Schloß lebt jeder für und mit sich selbst allein, inbrünstig und dem Zwang der eigenen Träume gehorchend; heute abend, hier an diesem Ort, ist das nicht genug. Denn wenn ich, hochmütig wie ich bin, mich dem Rhythmus, der betenden Kraft der meinen Augen verborgenen Nächstenliebe und der menschlichen Trauer unterwerfen will, dann steht mir noch immer das alte, fast möchte ich sagen, familiäre, eigensinnige Gefühl der Würde im Weg. So werde ich sonntags in der Messe nicht mit allen anderen die Gebete für die Seelenruhe der verstorbenen Gemeindemitglieder herunterleiern, die ich ja gar nicht gekannt habe und deren Namen mir schon langweilig in den Ohren klingen. In manchen Augenblicken muß ich mich mit Gewalt zurückhalten, um mein Gebetbuch nicht in die Schar gaffender Dorfkinder zu schleudern. Was suchen und verachten sie an meinen vornehmen Kleidern? Abends im Bett erlebe ich wieder die besondere Atmosphäre von damals, als Maler und Tapezierer im Schloß arbeiteten; die Möbel hatten sie von ihrem gewohnten Platz gerückt, doch es war alles ganz anders, als wenn Tante Henriette das tut; Kerle in weißen Kitteln standen auf Leitern, Männer mit langen, flatternden Bahnen Tapetenpapier.

Ich vergrabe mich immer tiefer in einen stolzen, nach innen gekehrten Kummer. Um jede besondere Leidenschaft auszukurieren, habe ich Phantasie genug, für die Umstände eines Augenblicks einen passenden Rahmen zu finden; je nach meiner Laune ändert das Paradies sein Aussehen. Ich bete selten.

Jetzt höre ich erstaunt Aloysius zu, wie er beharrlich und willensstark Gebete spricht, über den Brummstimmen des Bauernvolks. Ich muß es mir genau vorstellen: da ist ein Mensch gestorben. Ich bleibe hier stehen, ohne mich nützlich zu machen, während ich mich namenlos und blind mit jenem namenlosen und blinden Elend hätte vereinigen sollen, wie Aloysius es getan hat. Dann verlasse ich den Schuppen und horche an der Wohnungstür, neben mir das Kupferkreuz auf der schwarzen Stange. Vielleicht möchte ich anklopfen und hineingehen, um die Unbekannten zu begrüßen. Doch die Glocke des Schlosses ruft uns nach Hause; und ich bin so kleinmütig, »unserer« Welt zu gehorchen, denn ehrlich und überzeugt wie Aloysius kann ich mit all den »anderen« nicht mittun.

VII

Wenn ich am Frühstückstisch erscheine, muß ich Großmutter einen Kuß auf die Stirn drücken. Ich tue es mechanisch, meine Lippen berühren kaum die matten, gelblichen Runzeln. Noch bevor ich auf meinem Stuhl sitze, bemerke ich Onkel Augustin, der gestern abend aus der Stadt gekommen ist; seine Manschetten stehen auf dem Kaminsims und seine Zeitungen liegen in einem dicken Packen neben seinem Teller.

Tante Henriette trägt wieder eines ihrer altmodischen, mit überflüssigen Knöpfen und Stickereien verzierten Kleider. Sie ist blaß und sitzt scheinbar heiter kerzengerade da; wenn ich sie so am Tisch sitzen sehe, kommen mir Zweifel, ob sie es gewesen ist, die in ein weißes Gewand gehüllt deklamierend durch den Park irrte. Sie beißt lustlos ins Brot; sie trinkt fast nichts; um ihre Augen liegen Schatten, als hätte sie die Ränder mit Ruß nachgezogen. Wenn ich Tante Henriette so dasitzen sehe, läßt sie mich gleichgültig; sie scheint ihre besonderen Gaben verloren zu haben, mit denen sie schon so viele Wunder an mir bewirkt hat.

Nach dem Frühstück werden Blicke des Einverständnisses gewechselt; fast gleichzeitig stehen wir schweigend auf, und wie eine Verschwörerschar, mit Großmutter in der Mitte, ziehen Tante Theodora, Tante Zénobie, Tante Henriette, Onkel Augustin und meine Mutter in den Salon. Die Tür wird verschlossen. Der Familienrat tagt.

Ich schlendere mit Aloysius durch die herabgewehten Herbstblätter. Es ist windig. Heute nacht hat es geregnet, und jetzt riecht es überall nach welkendem Laub und Gras. Wenn Silla, Onkel Augustins Hund, sich nach dem Herumtollen im Regen zum Wärmen vor den offenen Kamin legt, hat er denselben sauren Geruch an sich, wie er jetzt durch den Park weht.

Hermine, Oscar, Albertus und Leopold sind schon vor ein paar Tagen ins Internat abgereist. Aloysius ist immer noch hier und redet nicht viel; heute wird für ihn die Entscheidung fallen. Seine Prüfungsergebnisse sind im letzten Jahr von Trimester zu Trimester immer schlechter ausgefallen; die ganzen Ferien hat er mit Strafarbeiten verbracht. Tante Zénobie hat ein Zeichenlineal auf seinem steinharten Kopf zerbrochen. Er hat keinen Mucks von sich gegeben. Tante Theodora sucht furchtbar komplizierte Rechenexempel aus, die er lösen muß; »ils corrigent l'émotion«, sagt sie sarkastisch und blättert in ihrem Notizbuch. Äußerlich läßt er sich nichts anmerken; er klagt oder verteidigt sich nicht. Wenn sich der Sturm gelegt hat und er hinausgehen darf, holt er eine bitter angerauchte Pfeife von Onkel Augustin hervor, nur um kräftig und genüßlich darauf herumzukauen, denn Tabak besitzt er nicht. An die Boote scheint er nicht mehr zu denken; zum Bach gehen wir nur noch selten und wenn, dann um Erdklumpen in sein Bett zu treten. Aloysius sieht mich mit harten, glänzenden Augäpfeln an. Er sucht nach schweren, festen Gegenständen für einen kräftigen Wurf. Wir finden nichts als losen Sand und abgefallene Herbstblätter; was sich hier findet, zerstiebt von selbst in der Luft. Aloysius wird jetzt ein ewiges Strömen in der Natur gewahr, das er aufhalten will, das ihm zuwider ist, das ihn mit trauriger Raserei erfüllt. Er beißt auf das Pfeifenmundstück, das erbärmlich bitter schmeckt.

Wir springen über den Bach auf die Wiese; zwischen den grasenden Rindern gehen wir zur gegenüberliegenden Seite, wo die fernen Wälder in lila Nebel gehüllt sind. Das Gras liegt müde und naß am Boden. Wir erreichen ein Rübenfeld. Wir klettern auf den höher gelegenen Sandweg. Dann nähern wir uns dem Gebüsch, wo schon viele verdorrte Blätter, noch mit einer Faser am Ast hängend, sich raschelnd im Wind drehen.

Vor gut einem Jahr haben wir hier um ein Feuer getanzt. Hat Aloysius die Mädchen jemals wiedergesehen? Das Blut ist ihm in den Kopf gestiegen und sein Gesicht ist rot wie bei einem, der Branntwein getrunken hat. Sein millimeterkurzes Haar gibt seinem Wesen etwas Bäurisches, und zum ersten Mal sehe ich, was für einen großen und ebenmäßig geformten Kopf er hat. Sein Mund ist trocken und fleischig; die Unterlippe hat winters wie sommers eine tiefe Kerbe in der Mitte, die oft schwärzlich aussieht.

»Weißt du, daß ich nicht ins Internat zurück will?« fragt er unvermittelt.

Ich bleibe überrascht, wie angewurzelt stehen. Und als ob ich ihm seinen Entschluß hätte ausreden wollen: »Nein, ich gehe nicht«, sagt er schwer und mit Nachdruck.

Danach ist er wieder ruhig. Wir setzen uns ins Gras. Zwischen den gespreizten Beinen kratzt er mit den Fingern im Boden. Er trägt einen verwaschenen blauen Knabenkittel; die kurzen Hosenbeine geben die Knie frei, die plump und breit sind wie die eines Ochsen. Seine Hände sind blond behaart, und er hat dicke Gelenkknöchel.

Als wir eine Weile dort gesessen haben, stehen wir auf und gehen ein Stück weiter bis dorthin, wo der Bach uns den Weg versperrt. Im vorigen Winter sind wir hier auf Schlittschuhen über das gefrorene Wasser dahingeeilt; es wurde immer breiter und endete in einem großen Teich, aus dem ein halbversunkener Kahn ragte. Dort haben wir das Schloß gesehen, das ich mehrmals nachzuzeichnen versucht habe. Jedesmal sagte Tante Henriette, es schwanke, es sei ein Luftschloß; und mit ein paar schnellen Bleistiftstrichen warf sie selbst eine mittelalterliche Burg aufs Papier, mit einer Zugbrücke und spitzen Zinnen. Aber so ein Schloß wiederzugeben war nicht meine Absicht, und ich habe es erneut gezeichnet, wie es in meinem Gedächtnis eingeprägt stand, mit zwei vergoldeten Kelchen auf dem Dach.

Aloysius hat seinen Rosenkranz hervorgeholt und die Kette zerrissen.

Es ist ein einfacher Rosenkranz mit einem kleinen Metallkreuz. Perle für Perle pflückt er von dem Eisendraht. Zwischen Daumen und Zeigefinger schnippt er sie eine nach der anderen in den Bach, der damit davoneilt. Sie plumpsen mit einem leise glucksenden Geräusch ins Wasser und tauchen schnell wieder an der Oberfläche auf. Es dauert lange, ehe sie alle gefallen sind. *Das* würde ich mich nie getrauen mit einem Rosenkranz zu tun; doch Aloysius hört nicht auf meinen Protest. Das Kreuzchen fällt. Sinkend wird es einen halben Meter weit von der Strömung mitgeschleppt; dann, ins Bachbett gesunken, bleibt es glitzernd liegen, bis der blonde Sand sich darüberschiebt und es dereinst ganz vergraben sein wird.

Anderntags kommt ein Mann mit einem großen Paket aus der Stadt; er ist ein Lagerarbeiter von Onkel Augustin. Tante Theodora empfängt ihn im Studierzimmer, wo auch der Postbote immer sein Glas Bier bekommt. In meinem Beisein beginnt sie sofort, den Inhalt des Pakets Stück für Stück zu prüfen, und es sind alles Dinge, die mich erstaunt aufsehen lassen: sonderbare Kleidungsstücke, ein Kistchen Zigarren und ein Paar riesige Stiefel wie aus einem Märchen kommen aus dem tiefen Seemannssack zum Vorschein.

Am Nachmittag sitzen meine Mutter und Tante Henriette in der Wäschekammer und packen Aloysius' Koffer; seine Schulbücher habe ich diesmal nicht mit neuen blauen Umschlägen versehen müssen. Meine Mutter sitzt über die Leinenwäsche gebeugt; Tante Henriette kehrt im Schrank das Unterste zuoberst; und es sind tatsächlich *meine* Hemden und Unterhosen, *meine* Strümpfe und Blusen, womit sie beschäftigt sind, die eins nach dem anderen im Koffer verschwinden.

Meine Mutter gibt sich große Mühe, gutgelaunt zu erscheinen; bisweilen sieht es aus, als blinzele sie mir zu, und dann halten ihre Hände einige Augenblicke still. Von meiner Mutter wage ich mir nicht vorzustellen, daß sie die unbeseelten Dinge durch einfaches Berühren oder durch eine besondere Anordnung eine Sprache sprechen lassen kann, die mich wirklich fesseln könnte. Dazu ist nur Tante Henriette imstande: sie hält zum Beispiel ein Hemd vor sich gegen das Licht; sie steckt ihre Hand in einen Strumpf, den sie bis zum Ellenbogen hochzieht; sie bewegt die ausgestreckten Finger mit grausig knackenden Gelenken im Strumpf; oder sie nimmt zerschlissene Unterwäsche zwischen die Zähne und reißt sie in schmale Streifen zu Verbandmaterial. Wenn Tante Henriette etwas befiehlt, gehorcht ihr meine Mutter mit fast peinlicher Unterwürfigkeit. Nie spricht sie absichtlich langsam und nachdrücklich wie Tante Theodora, die fast immer einen Bleistift hinter dem Ohr stecken hat. Wenn meine Mutter lacht, wird sie sofort häßlich. Wenn ich genau weiß, daß sie in einem Zimmer ist, gehe ich leise und wie zufällig hinein. Fast immer überrasche ich sie in derselben Haltung: mit beiden Händen streicht sie über ihren Bauch. Im großen und ganzen, sogar wenn mein Vater still neben ihr sitzt, liegt etwas Trauriges über meiner Mutter. Ich küsse sie selten, und dann scheint sie im selben Augenblick unwirklich zu werden.

Der Koffer wird voll; Tante Henriette nimmt oft ein Wäschestück heraus, das ihr flatternd vor die Füße fällt; sie nimmt dann sofort ein anderes Stück. Versehentlich breitet sie ein Frauenhemd aus; sie geht damit zum Fenster; sie kommt damit zurück. Die Atmosphäre in der Dachkammer trübt sich dadurch zusehends.

»Elias«, sagt meine Mutter; weiter kommt sie nicht, als sei sie vor mir verlegen geworden. Ich frage: ob das nicht *meine* Hemden, *meine* Strümpfe und Blusen sind und wozu das alles gut sein soll? Ohne ihre Antwort abzuwarten, stecke ich den Kopf in den Wäscheschrank, und, das Gesicht fest in die Wäsche gedrückt, deren kühlen Geruch ich einatme, breche ich in Tränen aus.

In Matrosenuniform steht Aloysius im Korridor und wartet auf mich.

»Ich weiß, daß du ins Internat mußt«, sagt er milde. »Für dich hat das aber nicht viel zu bedeuten, Elias.«

Nach einer Weile sagt er mit einem matten Lächeln, um mich abzulenken: »Sieh, wie ich jetzt hier stehe.« Seine nackte Brust ist verschwitzt; um seinen Mund zittern weiße, milchige Schweißtröpfchen.

Bisweilen überkommt mich eine große Furcht; denn hat Aloysius mir nicht murrend vom Institut erzählt? Das Essen findet er immer und unter allen Umständen gut; er ist nicht auf erlesene Gerichte erpicht; er ißt Saures und Süßes durcheinander, Gepfeffertes und Gesottenes, halbgar Gekochtes und zäh Abgehangenes in geronnenem Blut; er hat nicht die feine Art, aus einer langsam aufgetragenen Mahlzeit ein Fest zu machen. Eine sonderbare Beklemmung hat ihn im Institut ungeschickt und traurig gemacht; das Kleinliche, Hinterhältig-Beschränkte, das auch einer so hochbezahlten

Gefangenschaft eigen ist, hat ihn verwirrt. Wenn man uns im Schloß nicht versteht, bekommen wir viele Strafarbeiten auf; doch abends dürfen wir auf Abenteuer gehen; mitunter geschieht etwas, das die Phantasie noch Tage danach in Aufregung versetzt. Wenn wir von Tante Theodora die Nase voll haben, schreiben wir absichtlich dumme Fehler in unsere Strafarbeiten; damit machen wir ihr viel Ärger und Kummer; jeder Fehler zwingt ihr schaurig-gewiß ein Lächeln ab; jedes Lächeln ist ein Tröpfchen Galle; sie wird müde davon, aber sie korrigiert unsere miserabel geschriebenen Seiten bis zum letzten Buchstaben. Morgens finden wir vor der Schlafzimmertür einen Stapel Papier voll roter Bleistiftstriche. Wir sehen einander an und zucken verächtlich die Achseln. Ich werfe die Blätter über den Kopf in die Luft; sie flattern herunter und bleiben auf der Treppe liegen, wo Tante Theodora sie finden wird.

Im Institut sperrt man dich ein; wie ein Verbrecher sitzt du in einem kalten Raum mit schwarzgestrichenen Bänken und starrst auf die schlampig abgewischte Tafel. Nirgends darfst du hin. Es gibt vor Kraft strotzende Jungen, die ab und zu eine tüchtige Rauferei brauchen, um nicht krank zu werden; aber Aloysius ist zu störrisch dazu. Er hat keine Kameraden. Er ist an allen Ecken und Kanten gleich hart.

Er hat mir gesagt, daß er bald mit einem Schulschiff abfahren wird, um eine Reise um die Welt anzutreten; jahrelang werden wir ihn nicht wiedersehen. Ich will ihn noch fragen: was das eigentlich ist: ein Schulschiff? Bald wird es Winter, und die Sturmgewalt wird da und dort einen Baum entwurzeln; die Fenster werden mit hölzernen Läden geschützt. Wenn Tante Theodora eine neue Kerze anzündet und draußen der Regen in Strömen fällt, wird sie an Aloysius denken. An der Ruhe der Zimmerwände während eines Sturms wird man hier seine Abwesenheit gewahr werden; niemand wird seinen Namen auszusprechen wagen. Im Internat, im großen Schlafsaal, werde ich wach daliegen; meine Phantasie wird freies Spiel bekommen und das Gefühl wird mich beschleichen, unsere Betten würden im stürmischen Meer von der tobenden Nacht fortgespült.

Jetzt gehen wir zur Remise, wo der kranke Hund hechelnd neben einem Wassernapf auf einem Sack liegt. Ich setze mich neben das alte Tier auf den Boden und streichle seinen zitternden Kopf. Leise beginnt er zu winseln und versucht vergeblich, die steifen, halbgelähmten Pfoten zu bewegen. Unterdessen geht Aloysius langsam herum; hinter der Kutsche sehe ich ihn zum Vorschein kommen, mit ausdruckslosem Gesicht und hängenden Armen. Er schaut auf den Hund. Er schaut auf die grauen Mauern. Eine Staubschicht liegt auf dem dunkelgrün lackierten Fahrzeug; darin beginnt Aloysius mit der Fingerspitze zu schreiben; es sind keine leserlichen Buchstaben, es ist lauter Wirrwarr ohne Sinn.

Zusammen verlassen wir das Gebäude. Der Hund winselt; Aloysius schaut sich nicht mehr um.

Ich kehre auf meinen Fußstapfen zurück und klopfe leise mit dem Finger an die hohltönende Tür. Als ich danach wieder zu Aloysius gehen will, ist er von allen sichtbaren Wegen verschwunden. Zahllose Krähen schwärmen krächzend durch die Luft; der Himmel ist bewölkt. Ich bin allein.

Dann gehe ich Tante Henriette um Auskunft bitten über das Schiff, mit dem Aloysius wegfährt. Sie nimmt mich gleich mit zur Bibliothek und sucht in den Büchern nach dem Stahlstich eines Viermasters unter vollen Segeln auf bewegter See. Während ich noch viele andere Bilder betrachte, hat Tante den Globus vom hohen Bücherschrank genommen; eine dünne Staubschicht liegt darauf wie auf der Kutsche in der Remise. Und wie Aloysius lauter Wirrwar in den Staub geschrieben hat, tut Tante Henriette nun dasselbe über Länder und Meere. Sie beschreibt mir die ganze Reise, die Aloysius machen wird, was ihm auf seiner Fahrt begegnen, wo er an Land gehen wird und dergleichen mehr.

Tante faltet die Hände über dem offenen Buch zusammen. Mit meiner Mutter wird sie mich morgen ins Internat begleiten; wir fahren dann mit der Kutsche über die Septemberwege. In der Abenddämmerung kommen wir zermürbt an unserem Bestimmungsort an und verzehren zu dritt das Abendessen in einem ungemütlichen Sprechzimmer. Tante erzählt von Mutters Pensionatszeit; es sind Geschichten, über die man lachen kann. Als ich sie frage: ob sie gern von Zuhause weggewesen sei? sieht sie mich an und sagt: »Es ist überall dasselbe, Elias; du darfst dem nicht so viel Bedeutung beimessen.«

Auf dem Schreibtisch sehe ich das Glastöpfchen mit den geheimnisvollen Pillen stehen. Ich denke an das große Internatsgebäude mit den zahllosen Fenstern, wie es auf dem Briefkopf abgebildet war, wenn wir aus dem Institut Nachricht von Aloysius erhielten. Das offene Buch fesselt mich nicht mehr. Ich höre den Namen der Kleinstadt, in die ich fahren muß, unentwegt in meinen Ohren klingen. Während ich zwischen den Jungen verschwinde, während ich mir in der Kapelle endlose Gebete anhören muß, werden meine Mutter und Tante Henriette in einem alten Gasthof übernachten. Wenige hundert Meter von mir entfernt werden sie wach liegen, und ich werde wach liegen, traurig und verloren. Ich lasse meine Gedanken immer weiter schweifen. Es wird dunkel, und der Wind hat sich gelegt. Das Segelschiff ist jetzt in einem dunklen Gedankenschauer untergegangen.

»Um mich brauchst du dir keine Sorgen zu machen«, sagt Aloysius. »Eigentlich fahre ich gar nicht sofort zur See.«

Reglos liegen wir nebeneinander im Bett. Die Mäuse rascheln über den Fußboden. Das Fenster öffnet sich auf die stille Herbstnacht.

Aloysius muß zuerst eine Probezeit abdienen auf einem alten Schiff, das niemals ablegt und immer in Sichtweite von Antwerpen vor Anker liegt. Wenn er Urlaub bekommt, sehen wir einander genauso wie bisher. Es werden wohl noch ein paar Jahre dahingehen, bevor die erste große Reise unternommen wird.

Tante Henriette hat mir doch auf dem Globus angedeutet, wohin er überall fahren wird, und auf dem Bild in dem Buch hat sie mir ein Schiff gezeigt, das mit vollen Segeln die Wellen durchpflügte.

»*Das* ist für später«, sagt er gleichgültig.

Morgen nachmittag reise ich ab ins Internat; soviel ich weiß, hat niemand von uns Aloysius im Institut besucht, und nur selten durfte ich ihm einen Brief schreiben. Es ist sonderbar: während ich wach im Bett liege und mit offenen Augen an die Decke starre, sehe ich meinen Vater im Korridor des mir unbekannten Instituts auftauchen; er geht die breite Treppe hinauf, neben dem Pförtner, der seinen Koffer trägt. Im Stockwerk angekommen, öffnet er die zweite Tür rechts; in der Krankenstation ans Bett gefesselt, erwarte ich ihn mit Ungeduld. - Aloysius bewegt seine Beine; er gähnt. Ich habe ihm nichts mehr zu sagen. Die Mäuse haben sich in ihre Löcher verkrochen und die Luft riecht nach feuchtem Kalk. Im Schlaf werde ich von spannenden Phantasiebildern gequält. – Ich liege auf dem Boden mit einer Wunde über dem Auge. Zwei Männer eilen herbei, um mir zu helfen; sie tragen mich fort in eine schwarze Wand-aus-Schatten. Inzwischen ist Tante Henriette aufgetaucht: »Er darf nicht fort, er darf uns nicht verlassen«, ruft sie laut und verzweifelt. Um mich zu trösten, hat sie die Pillen mitgebracht; doch die Männer flüchten mit mir davon, und ich fühle mich in ihrer Gewalt ganz wohl. Wutentbrannt wirft Tante sich der Länge nach aufs Sofa, unter dem Gemälde, auf dem eine Winterlandschaft mit kahlen Bäumen und einer untergehenden Sonne abgebildet ist. Der Nebel, in dem wir uns befinden, wird jetzt von einem rosa Licht erwärmt, und stellenweise zeigen sich schon violette Aufheiterungen; dann erkenne ich die Landschaft, die aus dem Gemälde in den Raum vorgedrungen ist, mit ihren Ebenen und Perspektiven. Jetzt beginnt der Winter. Ich bin sehr schnell völlig eingeschneit. –

Als ich wach werde, ruht mein Kopf auf Aloysius' Schulter. Er schläft noch nicht.

Am Morgen gehe ich allein durch den Park, zu der Stelle, wo Aloysius das Kreuzchen seines Rosenkranzes in den Bach geworfen hat. Ich knie im kalten Gras; meine bloßen Knie zerdrücken die klebrigen, verfaulten Halme. Ich strecke meine Hand bis zum Gelenk ins Wasser; so bleibe ich lange Zeit, um die Strömung zwischen meinen Fingern zu genießen.

Ich bin nicht wirklich traurig; tatsächlich sind die Stunden meines Aufenthalts auf dem Landgut gezählt, und doch sitze ich hier verhältnismäßig ruhig. Ohne den Ärmel hochzukrempeln, strecke ich meinen Arm tief ins Wasser. Träge zupfe ich an den zähen Wasserpflanzen. Meine nasse Bluse riecht wie die kalte Klinge eines Messers.

Mit einem Ast stochere ich vorsichtig nach dem Kreuzchen, das schon unter dem früh abgefallenen Herbstlaub im Bach begraben liegt; jedesmal, wenn ich die Blätter berühre, steigt im Bachbett ein braunes Wölkchen auf, das eine Weile im Wasser schweben bleibt. Aloysius hat zusammen mit den Bauern für einen verstorbenen Menschen gebetet; danach hat er seinen Rosenkranz zerrissen und Perle um Perle dem Wasser überlassen. Ich fühle mein ganzes Wesen mit dem abscheulich-scheinheiligen, doch zeitweise sorglosen Frieden des Schlosses verbunden; ich halte nichts davon, viel und lang zu beten; dennoch empfinde ich eine stille Ehrfurcht, zum Beispiel vor einem von Menschenhänden angefertigten Rosenkranz. In gewissem Sinne hege ich eine verwerfliche Neugier auf den Tod; deshalb setze ich mich gelegentlich neben Großmutter und ergötze mich ängstlich an den unabwendbaren Vorboten des Sterbens, deren Wahrzeichen auf Großmutters Stirn geschrieben stehen. Und wenn ich in einem dunklen Zimmer auf einem Stuhl sitze, die warmen Finger auf meinen nackten, kühlen Knien gespreizt: »Wer bin ich, was ist eigentlich ›Ich‹?« frage ich mich dann, ohne die Augen zu öffnen. Töricht versuche ich, auf diese Fragen eine

Antwort zu bekommen, und steche mir mit einer von Tante Henriettes Nadeln in die Haut: ein Tropfen Blut scheint auf meine fragende Unruhe zu antworten; doch es ist vor allem ein Prickeln der Lust, das ich unendlich genieße.

Mit dem Ast taste ich das Bachbett ab; vielleicht drücke ich damit das Kreuz endgültig unter die Blätter, unter den Sand und die vielen verborgenen Dinge, die im Wasser wohnen.

Als ich nach einer Weile nichts gefunden habe, wühle ich den Grund auf, bis das Wasser trüb durchwölkt ist. Geduldig bin ich nicht. So habe ich selbst schuld an den Verfinsterungen, die bisweilen in mir vorkommen. Immer wieder wühle ich den tiefsten Grund in mir um und um, in dem Wahn, auf diese Weise die Wahrheit herauszufinden. Nach ein paar Augenblicken Ruhe ist das Wasser wieder hell geworden; kühl und klar fließt es vorüber, in dieselbe Richtung wie immer, zu denselben unersättlichen Sammelbecken, die es irgendwo geben muß.

Den schweren Ast habe ich mitten in den Bach geworfen; ziemlich rasch wird er davongetragen. Ich folge ihm mit aufmerksamem Blick. Am Ufer laufe ich neben ihm her, um ihn auf seiner Fahrt zu begleiten. Manchmal muß ich ihn aus einer kleinen Bucht, aus einem Büschel Schilf hinausstoßen, damit er ganz im Besitz der Strömung bleibt und darin verlorengeht. Ich will nicht, daß er irgendwo hängenbleibt, daß er eine Stelle findet, wo er in Ruhe gelassen wird. Es ist ein knorriger, dicker Ast, an dem ein Stück losgerissene Rinde willenlos mittreibt. An manchen Stellen schwimmt er schnell weiter; er wird über ein Wehr fortgerissen, und ich beeile mich, ihm auf seiner Fahrt zu folgen. Dichtes Gebüsch verstellt mir den Weg; das Wasser ist schon doppelt so breit, und in seiner Mitte schwimmt der Ast, in den die Anfangsbuchstaben meines Namens eingekerbt sind. Mit dem einen nassen Ärmel fühle ich mich unbehaglich, vor allem wenn ich mich gegen unvorhergesehene, natürliche Hindernisse wehren muß. Plötzlich werde ich von der Sonnenscheibe überrascht, die, durch die goldenen Nebel hindurch, eine weite Teichoberfläche erhellt.

Hier bin ich mit Aloysius an einem Winterabend gewesen. Das Schloß sieht tatsächlich ganz anders aus, als ich es im Gedächtnis behalten und gezeichnet habe; es ist nicht so groß, es hat nicht so viele Fenster, es hat kein Türmchen, wie ich an jenem Abend zu sehen vermeinte. Der Ast ist jetzt in das weite Teichbecken eingefahren; er bewegt sich nicht mehr; die Strömung scheint über ihn keine Macht mehr zu haben; in diesem Gebiet träumerischer Ruhe hat er schon »seinen« festen Platz eingenommen, um dort allmählich zu verrotten und unterzugehen.

Als ich zu unserem Landgut zurückkehre, sehe ich in der Ferne die Remise mit weit geöffneten Türen; die Kutsche steht draußen in einem Schleier von Licht, und der Knecht läuft mit einer sprühenden Gießkanne um sie herum. Auf einmal, ich weiß nicht, wie es gekommen ist, werde ich von Angstgefühlen überfallen; mir ist kalt und ich zittere. Alles Vergangene, auch die Vorbilder früherer Geschlechter, die mir despotisch vor Augen gehalten wurden, sind unwiderruflich verloren. Auf diesem feierlich ausgedehnten Gut ist alles zu vergebens hochgezüchteter Größe, zu nutzlosem Glück und Selbstbetrug geworden. Es bleiben mir nur noch ein paar Augenblicke, um diesen Untergang zu genießen; ein paar geizig abgezählte Augenblicke lang fühle ich mich mit Herz und Seele zu unserem weißen Landhaus hingetrieben; danach erhalte ich ein für allemal einen Platz in der Welt, an dem keine Strömung mehr zu spüren ist.

Aus der Remise kommt der Waldhüter mit dem kranken Hund in den Armen; Tante Theodora folgt ihm mit einem Jagdgewehr. Ich springe auf und renne los. Unterdessen wird das winselnde Tier ins Gras gelegt. Tante schießt. Ich komme zu spät.

Als ich ein paar Stunden später zwischen Tante Henriette und meiner Mutter in der breiten, holpernden Kutsche sitze – die Scheiben sind von unserem warmen Atem beschlagen, und Tante wischt mit ihrem Handschuh über das trübe Fensterglas – da muß ich mir bis zum Krankwerden die Wut verbeißen über etwas, dessen Notwendigkeit ich nicht begreife – warum es so traurig, so ungerecht sein muß?

Gilliams Nachtigallen

Eine Telefonleitung, auf der nur der Gesang der Nachtigall zu hören ist, hat in Deutschland erstaunlich großen Erfolg. Rund 60.000 Menschen wählen täglich diese Nummer – mehr als die Gesamtzahl der Verbindungen für Telefonsex.

Het laatste Nieuws, 13./14. Mai 1995

»Wie erscheint ein Vogel im Leben eines Menschen? Wie ein mehr oder minder fleischiger Blitz.« Dieses Zitat hatte ich in eine Ecke meines Notizbuchs gekritzelt, dummerweise jedoch ohne den Urheber, und den konnte ich auch nicht mehr herausfinden. Es gibt so viele Vogelnarren unter den Schriftstellern, daß man sein Leben lang suchen könnte. Aber das ist auch gar nicht wichtig. Was für ein Satz: Wie erscheint ein Vogel im Leben eines Menschen? Wie ein Blitz? Nein, wie ein fleischiger, pardon, mehr oder minder fleischiger Blitz. Wer immer das gesagt hat, es kann nur jemand gewesen sein, in dessen Leben die Vögel eingeschlagen sind wie ein Blitz. Ich mußte sofort an Maurice Gilliams denken.

Was aber ist das Erstaunliche? In seinem ganzen Buch *Elias oder das Gefecht mit den Nachtigallen* findet sich keine einzige Nachtigall. Affe, Taube, Stier, Pferd, Katze, Spatz, Schwein, Papagei, Schmetterling, Holzwurm, Schnecke, Käfer, Gans, Kanarienvogel, Fliege, Fledermaus, Krähe, Maus, Frosch, Hund und Schwalbe, alle kommen sie darin vor. Aber Nachtigallen – keine Rede. Was um Himmels willen bedeutet dann das Kämpfen mit den Nachtigallen? Es ist ja auch Spatzen verboten, unverbindlich in Büchern herumzugeistern – sollen Nachtigallen in Titeln das nun plötzlich dürfen? Von einem Buch, das »Gefecht mit dem Engel« heißt, erwartet man doch auch, daß dort zumindest einmal mit einem Engel gerauft wird?

Augenscheinlich ganz berechtigte Fragen. Und doch kann es nichts schaden, noch eine weitere Frage zu stellen, nämlich, ob aus einem Buch nicht etwas klingen könnte: sinnlich, ohne daß es mit Worten ausgesprochen wird?

Aber lassen Sie mich erst mehr über das Buch selbst erzählen, das bei mir einschlug wie ein anmutiger, mehr oder weniger fleischiger, singender und zauberhaft aufleuchtender Blitz.

Die Erstausgabe erschien 1936 in Antwerpen. Sieben Jahre später, 1943, erschien noch einmal eine hundert Seiten kürzere Erstausgabe in Amsterdam. Gilliams hatte die erste Fassung verworfen. Deshalb gehe ich hier von der zweiten, der schmaleren Version aus, die der Verfasser als die gültige betrachtete.

Gilliams selbst charakterisiert das Buch eher als »melodische Verschiebungen« denn als Erzählung. Das ist richtig, und es ist einer der Gründe, warum mir das Buch so gefällt, wenn auch vermutlich gerade die Abweichung von der traditionellen Erzählform dazu beigetragen hat, daß es nie ein größeres Publikum fand. Das breite Publikum will nun einmal eine Geschichte vorgesetzt bekommen, mit einem Anfang und einem Ende – damit man weiß, wie es ausgeht. Manche Erzählungen indessen haben nicht nur keinen Anfang, sie hören auch nicht auf: Am besten läßt man sie wie Vogelgesang auf sich wirken – noch einmal und noch einmal und immer wieder. Eine Sonate läßt man auf dem Plattenspieler ja auch nicht schneller ablaufen, um so rasch wie möglich das Ende zu hören?

Das soll freilich nicht heißen, *Elias oder das Gefecht mit den Nachtigallen* handele nicht von etwas.

Die Hauptfigur, Elias, ist ein etwa zwölfjähriger Junge, ein »introvertierter und verträumter Narziß«, der sich auf einem alten Landgut inmitten vornehmlich wunderlicher Tanten, einer Großmutter und seiner Mutter zu behaupten versucht. Auf diesem Landgut hält sich ab und zu auch sein sechzehnjähriger Cousin Aloysius auf. Dieser Aloysius ist es, der ihn ganz in seinen Bann geschlagen hat. Die beiden Jungen durchstöbern das große Haus und stromern in der Umgebung herum, erleben dies und das mit den wunderlichen Tanten, feiern Weihnachten, erledigen ihre Hausaufgaben und machen nachts heimlich Ausflüge. Mehr geschieht eigentlich nicht. Daß es trotzdem so spannend ist, hat mit der deutlich spürbaren, aber unterdrückten (Homo-)Erotik zu tun, mit der unglaublichen, fast fatalen Macht der Phantasie, mit der Einsamkeit und Verwirrung und der schmerzlich-wehmütigen Nostalgie, die aus all dem klingt.

Während der Arbeit an diesem Buch schrieb Gilliams in sein Tagebuch: »Am Elias schreibend, muß ich den Schmerz darin empfinden. Ich will, *außer* die Tatsachen zu erzählen, das Schlimmste finden, was ich mir als Mensch vorstellen kann.« Und auch: »Kein einziger Gedanke wurde in ihm geboren, der nicht das Merkmal der Vergänglichkeit in sich trug.« Durch die Phantasie will er seine Vergangenheit wiedererleben. Und weil nach seiner Überzeugung das Vergangene im Heute reift, erhält seine Nostalgie etwas merkwürdig Aktuelles. Gerade wenn du dich heute durchs Gestrüpp schlägst, erkennst du, daß die wilde, *gedankenlose* Art, wie du das als Kind getan hast, nie mehr wiederkehren wird – dieses Gefühl.

Elias ist ein zeitloses Klang- und Lichtspiel über das unwiderruflich Verflogene. Sowohl Klang wie Licht sind dabei wörtlich zu nehmen. Über den Klang habe ich beiläufig schon gesprochen; aber daß diese »melodischen Verschiebungen« so gewaltig sind, daß sie dir noch tagelang im Kopf nachklingen, das wird jeder selbst erfahren müssen.

Und zum Licht: Mir fällt kein Buch ein, in dem so viele Lampen, von der einfachen Schirmlampe bis zur kompletten Gartenillumination, angezündet oder gelöscht werden. Flaues Licht, charakterloses Licht, Licht mit einem goldenen Geist, Licht wie ausgegossenes Öl, Kerzenlicht, Petroleumlicht, schwankendes Licht; all diese Lichter, Sonne und Mond eingeschlossen, tragen dazu bei, dem Vergangenen in der Gegenwart Glanz zu verleihen, es *auszuleuchten* müßte man vielleicht richtiger sagen. Weil dieses Licht vor allem auf Dinge scheint, wimmelt dieses Buch zugleich von Dingen, die ihrerseits auch wieder für die nötige Nostalgie sorgen. Nicht so sehr, weil diese Dinge aus der Truhe hervorgeholt werden, sondern weil nun einmal alle Dinge zum Verschwinden verurteilt sind, eine unabweisliche Wahrheit, die dem einsamen Grübler Gilliams zufolge bewußt macht, daß auch er einmal verschwinden wird. Genau besehen, steckt Gilliams Buch voller Memento moris – das muß man natürlich ertragen können.

Glücklicherweise wird der Leser nicht nur auf ätherischen Lichtstrahlen oder den Flügeln des Gesangs mitgenommen. Vor allen Dingen nämlich wird er von sehr konkreten, sehr einfachen Papierschiffchen hingerissen.

Ach, diese kleinen Schiffchen … immer, wenn ich an *Elias* denke, sehe ich Papierschiffchen vor mir, die gemächlich einen sich dahinschlängelnden Waldbach hinabtreiben (um dann plötzlich um die Biegung zu schwenken). Wenn dieses Buch doch einen roten Faden hat, dann ist es diese schwimmende Schiffchen-Prozession. Nicht umsonst werden sie schon am Anfang des Buchs zu Wasser gelassen und tauchen an unerwarteten Stellen wieder auf. Allein der Anfang ist wunderbar:

»Wenn Aloysius unser Herz verstört, hängen wir kopfunter in der Wirklichkeit wie verzauberte Affen.«

Meisterhaft ist, wie der Erzähler dich von Anfang an in seine eigene Verzauberung hineinzieht. Tatsächlich: man *hängt* kopfunter in der Wirklichkeit wie ein verzauberter Affe, über hundert Seiten lang. Meisterhaft ist auch, wie bereits vom ersten Augenblick an das Heute am Vergangenen teilhat. Nicht nur, weil der Verfasser das Präsens verwendet, sondern auch, weil er sein eigenes Wiedererleben innig mit Elias' Erleben verflicht.

Als Aloysius ihm die Heftblätter reicht, in die er die Falten für die Schiffchen kniffen soll, sagt Elias beiläufig, »natürlich« begreife er die Gesetze dieses merkwürdigen Spiels nicht. So etwas würde ein zwölfjähriger Junge kaum bemerken. Zugleich aber wird er dadurch so treffend charakterisiert, daß der Einwand schwerfällt, hier würde ein Zwölfjähriger zu distanziert und altklug dargestellt.

Mit der Erotik ist es dasselbe. Elias begreift nicht, sagt er, warum Aloysius ihm morgens beim Waschen helfen will. Wir aber verstehen nur allzu gut: der Erzähler begreift es wohl. Aber ausgesprochen wird es nicht, deshalb bleibt das Geheimnis gewahrt.

Wie raffiniert ist es doch, die Szene mit den Schiffchen ausgerechnet im Bett beginnen zu lassen. Und wie glänzend sind die sprunghaften Übergänge.

»Als wir mittags vom Bach heimkehren«, sagt Elias schließlich, »haben wir nichts Ungewöhnliches gesehen«, und dann beschreibt er die forttreibenden Schiffchen, wie sie plötzlich um die Biegung verschwunden sind. *Nichts Ungewöhnliches* – mag sein. Aber das Erleben macht es unvergeßlich. Das Bild eines forttreibenden, plötzlich verschwindenden Schiffchens kehrt immer wieder, schon ein paar Seiten später: »Es fährt mit großer Geschwindigkeit bis zur Biegung, und wie man die Seite eines Buchs umschlägt: mit einem Ruck ist es verschwunden.« Im Hintergrund steht ständig die Frage: Wo, ach wo mag mein Schiffchen angekommen sein? Ja, wo, wenn es überhaupt angekommen ist. Die einfachen Fragen erweisen sich oft als die beklemmendsten.

Mit Hilfe jener Schiffchen werden Phantasie und Nostalgie wirklich auf sublime Art aneinandergeschmiedet. Am schmerzlichsten kommt das zum Ausdruck, als Aloysius ganz unerwartet ins Internat abreist.

Elias bleibt allein zurück und muß zu seiner Bestürzung erfahren, daß danach alles aufhört »etwas Vertraut-Verschwommenes um sich zu haben«. Auch die Phantasie ist offenbar der Vergänglichkeit unterworfen. Kann einfach um die Ecke verschwinden, zusammen mit demjenigen, der sie nolens volens entzündet hat. Hartnäckig versucht Elias, die Poesie der Schiffchen festzuhalten; er schreibt an Aloysius, er gehe jeden Tag, selbst bei schlechtem Wetter, allein zum Bach, und lasse zum Zeichen, daß er an ihn denke, ein Schiffchen schwimmen, mit Aloysius' Namen in fetten Buchstaben auf der Seite.

Nach drei Monaten kommt Aloysius wieder nach Hause. Als Elias abends nach oben kommt, liegt er schon tief unter der Decke. Ohne Papierschiffchen dieses Mal. »Eigentlich«, sagt Elias, »hatte ich gehofft, ihn wach, mit einem Freudenruf auf den Lippen vorzufinden.« Er zieht sich aus »wie ein Verurteilter«, ohne Gefühl in Armen und Beinen, und bläst die Kerze aus. Erst dann dreht sich Aloysius brüsk zu ihm um und sagt leise: »Elias, ich habe einen Brief von dir aufbewahrt. Ich trage ihn unter dem Schlafanzug; aber seinen Inhalt kenne ich auswendig.«

Der Brief wird also an derselben Stelle aufbewahrt wie damals die Schiffchen: auf seiner Brust.

Aber es ist zu spät. Ungerührt antwortet Elias spitz, er habe so viele Briefe geschrieben, und dieser eine Brief sei nicht wichtiger als die anderen. Damit beschwört er das Unheil über sich herauf, denn Aloysius schlägt sofort zurück: Nie hätte er die Schiffchen, mit *seinem* Namen darauf, auf dem Bach aussetzen dürfen. Wer nicht da ist, kann doch auch kein Lebenszeichen geben? Was sollte die Person, für die all die Schiffchen bestimmt waren, nur denken? Damit ist ihrer beider Geheimnis endgültig Vergangenheit. Was für Elias ein reines Spiel der Phantasie war – Schiffchen in ein geheimnisvolles, düsteres Nichts treiben zu lassen –, war für Aloysius offenbar einfach eine Handlung mit einem klaren

Zweck: Lebenszeichen zu geben, womöglich einem Mädchen!

Elias ist ein lebendiges Beispiel dafür, wie jemand seiner eigenen Phantasie zum Opfer fällt. Ein hoffnungsloses Gefecht mit der Phantasie, so könnte man seine Kindheit zusammenfassen.

Aber was hat das Gefecht mit der Phantasie denn nun mit dem Gefecht mit den Nachtigallen zu tun? Mehr als man meint. Nehmen wir kurz die erste Fassung zur Hand. Dort kommen nämlich durchaus Nachtigallen vor, wenn auch nur ein einziges Mal, aber groß geschrieben.

Auf den zusätzlichen hundert Seiten dieser Fassung lernen wir sowohl Elias als auch Aloysius als Erwachsene kennen. Wenn man wie ich zuerst die endgültige Fassung gelesen hat, die beiden also nur als Kinder kennt, ist das eine bestürzende Erfahrung.

Aloysius – wie kann es anders sein – ist zur See gegangen. Und Elias ist Architekt geworden, wenn auch vornehmlich von Luftschlössern. Das alles nimmt ein dramatisches Ende: Elias begeht Selbstmord. Kurz vor diesem Selbstmord wird er von einem Freund folgendermaßen beschrieben:

»Ich könnte über die Dächer davonfliegen wie ein Spatz«, lachte er mit einem Augenzwinkern. Er wagte es nicht mehr so oft hinauszuschauen, manchmal überfiel ihn ein Drang, es wirklich auszuprobieren, ob er sich nicht über die Häuser hinwegschwingen könnte, um dort hoch über der Stadt in großen Kreisen in der Sonne zu schweben. Sein Leben lang hatte er mit Nachtigallen gekämpft, seinen unseligen Traumbildern, gegen die er gefochten hatte, wie einst Don Quichote gegen die Windmühlen anstürmte.

Ich glaube nicht, daß dem noch etwas hinzuzufügen ist. Außer einer Warnung vielleicht: Sei auf der Hut vor dem betörenden Gesang der Nachtigallen und laß dich nie auf ein Gefecht mit ihnen ein, denn der Kampf ist von vornherein verloren.

Charlotte Mutsaers

Aus dem Niederländischen von Marlene Müller-Haas

Der Essay *Gilliams Nachtigallen* von Charlotte Mutsaers
wurde dem Band *Paardejam* entnommen.

Umschlag-Entwurf: Horst Hussel

Katharina Wagenbach-Wolff · Carmerstraße 10 · 10623 Berlin

Die Übersetzung erscheint mit freundlicher Unterstützung des
Ministerie van de Vlaamse Gemeenschap, administratie Cultuur in Brüssel.
Gesetzt aus der Borgis Janson-Antiqua von Harald Weller
bei der Maschinensetzerei Peter von Maikowski,
den Druck besorgte die Druckerei Gerike,
die Bindung die Buchbinderei Lehmann,
alle in Berlin. ISBN 3-932109-01-5